先谋生，
再谋爱

李筱懿 著

天津出版传媒集团

天津人民出版社

果麦文化 出品

· · · · · · · ·

"谋生"与"谋爱",
谁更重要?

· · · · · · · ·

自　序

2015 年年底，我代表我们的公众号"灵魂有香气的女子"参加《鲁豫有约》关于新媒体的特别节目，私下聊天的时候，鲁豫问我："你介意不介意被归入'心灵鸡汤'的范畴？"

我说："'鸡汤'仅仅是名字和称呼，如果读者喜欢看我的文章，我不介意他们叫我'翠花'，还是'海伦'。"

她笑了起来，接着问："你觉得你的鸡汤有什么特别的地方吗？"

我也笑："好吧，既然被叫鸡汤，我就认了，我这碗汤附赠喝汤的勺子，有世界观有方法论，有时间表有路线图，让一些和我有过同样困惑的姑娘，读完之后，明白该怎么做。"

那天晚上，我代表团队领取的奖项叫"最有温度自媒体"。

"温度"，是我非常喜欢的词。

既有"温度"，也有"态度"，是我一直追求的方向。

我很庆幸，在自己懵懂的年纪，得到一些既有温度也有态度的女性的指点，这些引导非常具体，比如，在职场中怎样说话才算得体，闺蜜之间保持怎样的分寸才算合宜，好的爱情是什么样子，对的妆容是什么感觉，失恋了该做些什么，重要的场合穿些什么，怎样与别人保持一个身位的恰当距离，怎样让时间发挥出最高效率。

她们使我明白，生活既是艺术也是本事，既有理想也有现实，从而让我少走很多弯路，那些好用的技巧和方法，我会在这本书里分享给大家。

关于写作，我有三个原则：

第一，不写拗口的大道理。

第二，不写正确的废话。

第三，不写好听的假话。

我不觉得女人想物质生活优越一些，嫁个条件好的男人是多么难以启齿的事情；我不觉得女孩恋爱的时候全心投入，被所谓的"渣男"伤心伤肺是多么愚蠢的举动；我不觉得妈妈们把自己的需求摆在孩子的要求前面，是多么自私自利的行为；我不觉得女员工想攀爬到职场高峰，是多么心机的念头；我不觉得"剩女"们恨嫁是多么不可理解的想法。

我觉得，关于女性的一切，即便不认同，我都能理解，并且共情。

这些，是温度的基础。

女性最爱看什么类型的书？

我们曾经做过这项调研，得到的排序是：情感、时尚、小说、居家、育儿、人文、职场、管理，后面的选项我不再罗列出来。

有意思的是，我们也对男性群体做过几乎相同的调研，得到的答案恰恰相反，几乎把女性关注的话题倒个个儿就是男性的回答。

　　这其中的差异多么巨大——女人最关注的话题，恰恰是男人最不关注的话题，这种认知的鸿沟，让多少姑娘痛苦而困惑，但是，你看过几个男人为这些问题痛苦和困惑呢？在谋生与谋爱的先后顺序上，绝大多数男人都会选择"先谋生，再谋爱"，而绝大多数女人都会倾向"先谋爱，再谋生"。

　　可是，先谋生，谋好生，有独立的经济基础，对于女人来说是多么的重要。

　　你可以在体面职业的滋养下，过上体面的生活，生发出体面的情绪，做出体面的行为。

　　可以爱我所爱，恨我所恨，甩我所甩。

　　可以自由地行走，有尊严地拒绝。

　　可以让自己的外貌、气度、知识、品味、眼界、心胸天天向上，成为人堆里最耀眼的那一个。

　　更可以在爱情面前一起貌美如花，共同挣钱养家，给足自己安全感，不屈服于任何一种你不屑的规则，不为任何一种情感之外的理由结婚。

　　或许有些所谓的"过来人"会告诉你，并不是你越独立越出色就会遇到越好的爱情和男人，可是，反过来想想，难道你不独立不出色就能遇到更好的爱情和男人了吗？你以为你不美满是因为事业太成功、工作太拼命、经济条件太好了吗？

如果一个女人因为自立而没人爱，那你以为她柔软她顺从她依赖，爱她的人就多了吗？　说你太优秀了，导致没有男人配得上你，没有男人敢追求你，所以你单身而孤独，这个推论从逻辑上是不成立的，不信，你试试看，当你不好了会不会有一堆人抢着和你恋爱。

　　我们的一生，所有人都是过客，只有自己才是故乡。
　　所以，首先要把自己过好，不再患得患失讨谁欢喜，不再畏首畏尾害怕困难，不再瞻前顾后犹豫不决，才能成为一个让人尊重的独立的女人，外表柔软、内心硬气地生活。
　　好生活就在眼前，好爱情还会远吗？

　　先谋生，再谋爱。
　　这是我在这本书里最想对你说的话。

　　　　　　　　　　　　　　　　　　　你的朋友：筱懿
　　　　　　　　　　　　　　　　　　　2016 年 1 月

目 录

生 活 是 门 艺 术 ， 更 是 一 项 本 事

柔 软 的 坚 强

你 为 什 么 不 快 乐

对 于 幸 福 的 误 读

关于爱情的真话

成 长 比 成 功 更 重 要

生活是门艺术
更是一项本事

先谋生，再谋爱

电影《谜城》里面有个片段，佟丽娅扮演的女主角说："我对爱情的要求，就是找个男人照顾我、爱我一辈子。"然后，古天乐扮演的男主角就呵呵了——你能明白，那是一个经历丰富的男人对这个女人共有的浅显梦想由衷的不屑，笑完之后，僵着脸说："长期饭票难找啊。"

果然，电影里的佟丽娅因为开了男友的玛莎拉蒂，拿了男友的一箱子钱，而被追杀得亡命天涯，他们稀薄的爱情，早已换成了卧室里面貌相似的另外一个女人。

我把这个片段讲给坐在我对面的姑娘听，因为她刚刚的问题问得我很错愕，她说："筱懿姐，你看我是不是不该再升职了？再升上去，太优秀了，职位和薪水让男人望而却步，真成'剩斗士'了。"

我这么优雅的人差点在大庭广众前呸她一口："这是什么逻辑？就算成了'剩斗士'，你还有职位和钱，至少能过；为了没有影子的男人不再向前，男人没来，职位和钱也没有，你的生活又剩什么呢？"

她眨巴眨巴眼睛，说："你没看见那么多优秀的女人都单身？"

我也很认真地说："我看到这个世界上最优秀的女人都有人爱——德国总理默克尔有个爱她的量子化学家丈夫；杨澜一家四口很幸福；王菲嫁了两次依旧和小她十一岁的谢霆锋谈恋爱；刘若英四十五岁生了孩子出了书——再优秀的女人都会有敢爱她的男人，可是，很屌的女人身边，还真不一定有愿意屈尊娶她的男人。

她垂死挣扎地问："那么，我为什么没有男朋友？"

我叹了口气："你要听实话？因你拥有不多，却想要太多；没那么优秀，却心比天高。找你当女朋友，性价比不高——男人也不是傻子。"

这句话彻底得罪了她，以至于她到现在都没有理我。

我不知道多少女孩和我的这位小女友一样，把单身的原因归咎于"太优秀"，甚至觉得"太优秀"的女人都被剩着，于是，不敢"再优秀"下去，生怕"优秀"闪瞎男人的钛金狗眼之后自愧不如落荒而逃，让貌美如花的自己落了单。

说真的，她真是想多了，我不太愿意用"硬件"或者"条件"或者"性价比"这样的词汇形容任何一个女孩，可是，假如这种比喻更加直观便于理解，就姑且用一次吧——在我的价值观里，她只是"比较优秀"而已，年薪三十万即将升总监的三十岁姑娘，面目清秀，二线城市小康之家出身，祖上三辈都没有含过金钥匙，可是，我很清楚她对男人的要求，她的目标是找到一个年薪六十万年龄四十岁以下的男人，车房具备，父母亲善，祖上三代没有凤凰男历史。

我认识一些符合她开列条件的男人，但是，他们又为什么要娶她呢？这样的男人择偶标准通常有三个：

第一，和最优秀的女人在一起，类似《纸牌屋》里的克莱尔，或者比尔·盖茨身边的梅琳达，他们是恋人，是拍档，是夫妻，是伴侣，是事业合伙人，也是生活同行者。

第二，和最具母性特点的女人在一起，阳刚与阴柔互补，她们温和贤淑，有些还很好看，妥帖照顾家庭抚育子女，像后方稳定的补给线，让在生活前线搏击的男人踏实心安。具体案例，可以参考百度人物"个人生活"栏。

第三，和最年轻美貌的女人在一起，男人无论二十岁还是八十岁，从动物本性上说，最爱的都是二十岁的漂亮姑娘，这不是秘密，所以，像拉里金、唐纳德·川普、谢贤之类，条件具备还折腾得动的男人，身边都站着个小娇妻。

但是我的小女友，她显然既不是最优秀的，也不是最具母性的，还不是最漂亮的，她优秀的指数到不了最高标准，却要求一个最高标准的男人。她把自己拥有的每一样才艺、财富、情感，都明码标了价，指望有一个好买家，可是价格标得有点虚高，和她交往过的男朋友心累，就像看到一个不够诚实的售楼顾问，把三环的毛坯房卖到了CBD（中央商务区）精装公寓的价格。

不是你不好，而是你不够好；不是优秀的女人没人爱，而是自以为优秀却"性价比"不高的女人没人爱。

还记得那则著名的华尔街征婚帖吗？

年轻漂亮的美国女孩在金融版上问：怎样才能嫁给条件好的男人？

本人二十五岁，非常漂亮，谈吐文雅，有品味，想嫁给年薪五十万美元的人。你也许会说贪心，但在纽约年薪一百万才算是中产，本人的要求其实并不高。想请教各位一个问题：怎样才能嫁给你们这样的有钱人？我约会过的人中，最有钱的年薪也不过二十五万。

——波尔斯女士

然后，一位华尔街的金融家回复了她：

亲爱的波尔斯：让我以一个投资专家的身份，对你的处境做一个分析，我年薪超过五十万，符合你的择偶标准。从生意人的角度来看，跟你结婚是一个糟糕的经营决策，你说的其实是一笔简单的"财""貌"交易，但是，这里有个致命的问题，你的美貌会消失，但我的钱却不会无缘无故减少，事实上，我的收入可能会逐年增加，但你不可能一年比一年漂亮，从经济学的角度讲，我是增值资产，你是贬值资产。

用华尔街术语说，每笔交易都有一个仓位，跟你交往属于"交易仓位"，一旦价值下跌就要立即抛售，而不宜长期持有，也就是你想要的婚姻。听起来很残忍，但是年薪能超过五十万的人，都不是傻瓜，因此我们不会跟你结婚。

所以，我奉劝你不要苦苦寻找嫁给有钱人的秘方，你倒可以想办法把自己变成一个年薪五十万的人，这比你碰到一个有钱的傻瓜可能性更大。

亦舒说，美貌的最高级别是明明很美，却不觉得自己美。

那么优秀的最高级别呢？或许是明明非常出色，却不把自己的出色太当回事儿。

可是，这样的人太少，生活中最多的是分明没有那么好看，却用美颜相机修了图，还固执地认为自己本来就那么美；以及，分明没有那么突出，却把周围人都想矮了，觉得自己确实艺高人胆大。

所以，不用担心优秀的女人没有人敢爱，人在没有达到一定高度和层面的时候，千万不要为与你无关的事情操太多的心，就像天安门边上几十万一平方米的房子一定有人买，只是买家不是你而已。

有一次，在苏州开读者会，现场一个姑娘的话给了我特别大的触动："我依靠自己的努力达到了财务自由，我对另一半没有太多要求，因为我不再需要一个男人给我房子，我只需要和一个男人一起建立一个家。"

多棒啊。

好姑娘，请先谋生，再谋爱。

走到你力所能及的最高处、最远处，你会发现，那里的天地和空气与你的起点和中途完全不同，你的想法和观念也比初始有了巨大改变。当然，那里的男人或许也和现在你身边的那些不一样，他们敢爱敢欣赏特别优秀的女人。

希望我的小女友不再把我拉入黑名单，良药苦口，真话都不会太好听。

女人最大的问题或许是，拥有不多，却想要太多，以小博大的赢面毕竟很小。

 扫一扫，收听有声版

学会自我治愈，
是生活的必修课

1918 年 12 月 23 日深夜，巴黎的某个街角，两辆马车轰然相撞，其中一位车主随着车身一起翻覆，被压在沉重的钢铁支架下，口袋里滑落一串珍珠项链，刺眼地闪耀在血色中。

这个男人叫亚瑟·卡伯，是当时著名的贵族和工业家，几乎一百年后，即便贵族的徽印被时光涤荡净尽，他还有另一个知名的身份：可可·香奈儿的恋人和支持者。

他资助不名一文的香奈儿开办自己的帽子店，从他制作精良的男士服装中汲取灵感运用到女性衣饰，他请巴黎最炙手可热的歌剧演员戴上香奈儿设计的帽子成为上流社会的广告牌，他用才华和财富帮助她走近梦想，却在她三十一岁的时候，被那场车祸戛然带走，珍珠项链是他送给她的最后一件圣诞礼物。

亲眼看到原本英俊的恋人被撞得面目全非，使天人两隔的痛苦再一次放大，只是，香奈儿安静地用手帕包起那串染血的项链，把眼泪、悲恸、尖叫通通咽到心底，她为自己做了一款小黑裙，剪短了头发，无言地悼念自己的爱情，没有歇斯底里的悲鸣，只有隐忍不落的寂寞。

几乎两年的时间，她在沉默中度过。

1920 年，香奈儿陪同俄国大公爵巴卡扎洛夫参观瑞士珠宝矿，被钻蓝和锗红两种颜色宝石的魅力吸引，她闪电般地想到卡伯留下的那串染血的珍珠，灵感瞬间迸发，她把二者结合，将各种不同颜色和质地的珠宝镶嵌在一起，丰富了珠宝的颜色和样式。在公爵的帮助下，香奈儿又找到了人工珠宝与天然珠宝混合镶嵌的设计和制作方式，这种风格与"二战"前人们务实节俭的潮流一拍即合，香奈儿珠宝开始风行。

于是，在与痛苦的博弈中，她收获了人生最精彩的成就：小黑裙和香奈儿珠宝。这两项创造与 5 号香水、粗花呢外套、2.55 手袋等等，一起构筑了时尚传奇。

可见，痛苦并不总是摧毁的力量，它同样能够赋予一个人新生。

《金刚经》里说人生有八苦：生、老、病、死、忧悲恼、怨憎会、爱别离、求不得。

大多数人都喜欢把自己的痛苦想象得独一无二销魂蚀骨，其实，在人类漫长的进化中，真正绝无仅有的东西凤毛麟角，大部分人和事都能用三个字概括：不出奇。

幸福如此，痛苦更是这样，只不过痛苦比幸福来得更猛烈尖锐，以至于身在福中不知福的人很多，身在苦中不觉苦的人却很少，摆脱痛苦，是个比获得幸福难度更大的命题。

那么，别人是怎么做到的？

我还记得第一次到女友 Z 的工作室时的情形。

工作室在一栋单身公寓里，空间被做室内设计的她切分得恰到好处，家具精当，各类摆设质量上乘设计感很强，Z 告诉我，这里的整体方案，让她获得了室内设计的奖项。她像个孩子般手舞足蹈，女王一样带我参观她的私人领地。

我吃惊地端着红茶，不知道自己的好友什么时候除了婚姻中的"家"之外，又弄出了这么个精致的家外之家，仅仅三年前，她还是个颓废的被工作和家庭压得透不过气的绝望主妇。

那时，吐槽老公和婆婆是她每次见面的必修课，无论 AA 制分摊家用，还是保姆不省心、丈夫不体谅、孩子不听话，都让她抓狂。我虽然理解，但是负能量接触久了难免烦躁。

的确，我不喜欢听女朋友的家长里短，因为那些全是无用功，说得再酣畅淋漓，问题依旧是问题，直愣愣地杵在那儿，像在嘲笑拿它毫无办法的人，假如跟我说说就能解决问题，我愿意把业余时间全拿来当树洞。

太多的事实让我看到，谁都没有金刚不败之身，每一个看起来从容淡定的人，都经历过翻江倒海与涅槃重生的内心戏，女人的可爱与独立，在于柔韧地解决问题。

而倾诉，是最无效的解药。

于是，我对 Z 说："你的痛苦从哪来？不过是你的能力解决不了眼下的问题。所以，摆脱痛苦最有效的办法，不是逛街看电影泡SPA（水疗），不是向我吐槽，也不是刷朋友圈变相倾诉，而是专心去做能够增强你能力的事情，直到本事大到足以解决目前的问题。"

她当时听了有点尴尬，后来果真很少对我抱怨，直到冷不丁变出一个装修好的工作室。

不用问，我也猜得出她为这个小小的空间付出了多少努力和辛苦，得到的回报是，这里是她的港湾，给予她安宁的空间，自主思索和自由工作的氛围，她在这儿梳理羽毛，调整精气神，然后饱满地走进平凡琐碎的生活——家，可不就是那个甜蜜的负担，内里的困顿和烦闷，每个主妇都必须面对。

只是，看到朋友把曾经的痛苦当成大力水手的菠菜吃掉，即便吃的时候还在流泪，吃完了却力量大增，我真心替她骄傲。

总有一天，我们都将学会自我治愈，因为这是生活的必修课。

我们摔了很多次跤，发现膝盖变硬了；流了很多升泪，于是眼睛变亮了；伤了很多次心，然后心胸变大了；走错很多次路，终于记得自带指南针了；说过很多无用的话，尔后知道闭嘴了；爱错若干次人，明白真爱要珍惜了。

最终，自动生成一种名叫"气场"的特殊物质，无法描绘那是什么，可是，一见，你就被其秒杀了。

不用轻易羡慕身边那个挂满奖牌、自信阳光、看上去不会被任何事情阻挡的家伙，他摘下奖牌脱下外套，都曾经是一身的伤痕和落寞。

不同在于，他自己挺了过来，释放之后，更加宽广。

就像冯仑说过的：伟大，都是熬出来的。
生活中走得远的，都是自愈能力很强的人。

和女一号交朋友，才能成为女二号

我曾经带过两个实习生，两个女孩几乎同时在暑假到报社实习，虽然年龄相仿，性格却完全不同。

A 是校园才女，还没毕业已经发表了十余万字作品，我看过她的文章，清丽细腻又不乏个性，文如其人，本人也是个瘦瘦高高的秀气女孩。文字和音乐、绘画类似，多少要有点天分的灵气，否则，再怎样勤学苦练都甩不开匠气，所以，我对灵气的 A 抱有天然的好感。

B 原本是我们通过学校招募的大学生志愿者，协助完成项目工作之后，额外申请暑假实习两个月，辅助采写稿件。公正地说，她的文字水准比 A 弱，属于保质按量交作业却没有特点的学生，我想，这可能就是天分上的差异。

可是没多久，两个姑娘就显出了差别，我越来越喜欢把工作分配给 B，而不是才华更出众的 A。

A 像个芭比娃娃，因为知道自己的漂亮和才华而有点孤芳自赏的清高，她很难虚心接受比她有经验的人的意见，改她的稿子，总要详细解释来龙去脉，精确到每一个字为什么改动，这让人很累。同时，她也很紧绷，特别在意自己在某个组织或者某个场合中是不是最好看和最中心的对象，只有答案是肯定的时候，她才能自信而放松。

可是，她的好看和才气却撑不住她的心气，到报社实习的优秀女孩很多，她不见得是最出众的那个。所以，大多时候，她都高高昂着头独来独往，沉浸在自己的小世界。

B 不同，她是个越相处越觉得舒适的姑娘，每次都把我改的稿件单独保存一份，有空就拿出来和自己的原稿对比，有疑问就提，我能感觉到，她希望了解我的思路，而不是疑惑我改她稿子的原因，几个回合下来，她的构思与选材就有了进步，文笔也在慢慢磨炼中。

她与同时在报社实习的其他女孩相处融洽，对高冷的 A 也很友善，经常由衷赞美，什么时候文章能写到 A 那样就好了。A 听了很受用，也乐意指点她，难得的是，她在同龄的 A 面前同样虚心，完全不计较对方时常流露的骄傲和轻慢，于是，她成了 A 实习期间唯一的朋友。

不写稿的时候，B 便主动问我："老师需要我帮忙吗？"我把一些行政琐事交给她处理，她都办得很周到，于是，我又把自己处理文字的一些小技巧和窍门教给她，她也学得很快——千万别小看这些不起眼的小方法，它们是我在实际工作中总结的秘诀，实用又高效。

实习临近尾声，A 与 B 去采访同一件事。

A 的文字一如既往有风采，可是，却不是这类文章需要的风格，精心的遣词造句中充满小小的卖弄，她舍不得删掉任何一个看起来挺有水准的字和词；B 的文章质朴，没有华丽词汇，却刚好满足了这次工作的需要。

我们用了 B 的稿件。

我惊讶地发现，从那天起，A 便懒得搭理 B，她像一只骄傲而容易受伤的小鹿，又成了孤单的一个人。

实习结束，我给两个女孩写完评语，身边的同事感叹：B 这个姑娘以后肯定做得不错，能够与比自己优秀的人共处，低下身段向别人学习，是项大本事，谁能事事都当女一号呢？

我立刻被戳中，明白了自己对 A 和 B 不同的感受来自何处。

生活里，我们做女一号的机会，远远不如当女二号、女三号、女四号，甚至路人甲多。怎样在优秀的人身边当好配角，借着跑龙套的机会学到真功夫，是件非常不容易，特别需要认清自己和放下身段的事。

我爱看"维多利亚的秘密"年度大秀，这场秀早已超越了内衣展示，将最炫的创意、最棒的音乐、最红的表演嘉宾和最顶尖的模特组织成一场视觉盛宴。每一年，维密天使名单都是关注焦点，她们中的任何人都是模特界闪闪发光的名字：

阿德里亚娜·利马，2000 年便成为维密模特，她拍的超级罩杯广告超过了一亿点击量；亚历山大·安布罗休，年收入排名第二的超模，不仅是模特，更是跨界影星；卡莉·克劳斯，二十二岁就晋身世界超模五十强第二名；坎蒂丝·斯瓦内普尔，她是去年穿上维密天价内衣的重量级超模。

我们熟悉的维密天使，还包括施华洛世奇水晶代言人米兰达·可儿、中国超模刘雯、奚梦瑶、何穗。

可是，这些最优秀的模特里，也只有一人能首个出场，第一名注定只有一个，而在其他大秀上作为开场模特的超模，此时只是配角。

客观地说，美貌与才华到了一定段位，实在很难分出高下，最多是个人审美与喜好不同的偏爱，比如环肥和燕瘦，谁更好看？李白和杜甫，谁更有才？乔布斯和李嘉诚，谁对商业世界贡献更大？

这是非常难区分，似乎也没有必要区分的问题，只是，在某些特定的场合，主角注定只有一个，那么，再优秀的人，也要做好为别人当配角的心理准备。

于是，在每年的维密大秀上，各路超模各尽其责地演绎华丽内衣，一起烘托穿上最大翅膀或最华丽内衣的当晚第一名，这场秀更像是一次嘉年华，宾主尽兴，玩得很欢。

明星们如此放得下身段，反而很多普通人心理上跑不起这个龙套，他们宁愿选择在不如自己的人身边当老大，也不愿意和比自己优秀的人交朋友，比如曾经的实习生 A。

A 之后成为我一个朋友的下属，偶尔听到她的消息，她依旧像从前那样高冷，很难融入集体。起初，看过她文章的人都觉得她有才华，却不知道能拿她无处安放的才华做什么。久而久之，才华就成了盒子里的倚天剑，日渐被人淡忘。目前，她依旧是一名普通员工——普通没有任何不好，只是，当一个人的理想是"出众"而现实却是"普通"的时候，被心理落差折磨最多的是她自己。

B去了一家房产公司，那家公司是我们的客户，没几年的工夫，B已经成为代表公司与我们对接的甲方代表。她依旧谦逊得体，我们偶尔在某些活动中碰面，她一如既往地懂得进退，安静地做好自己的本职，从来不喧宾夺主。只是，我能感觉到她的话越来越有分量，她的职位越来越接近职场中的主角。

从向优秀的人学习，到自己变成优秀的人，是个漫长而历练的过程。

才华都有锋芒，段位不够的入门选手起初感受到的必然是压力和压抑，不过，假以时日，越过这段有点痛苦的磨合，便进入飞速的进步期，成长最快的，总是出色主角们身边那个谦虚的配角，她们明白，只有与优秀的人在一起，才有可能成为优秀的人。

所以，在女一号身边，没准能成为女二号。

在路人甲身边，永远都是路人乙。

团结能人做大事，
团结小人不坏事

说起身边情商高的女子，J算一个，多年以来，我几乎没有听到任何人说她不好。有一次，我半开玩笑地问她："你就没遇上过不喜欢你的人吧？"

她眨眨眼："怎么没有？哪有天生的万人迷？我以前的领导就挺讨厌我，只是后来我努力使他改变了看法。"

我更好奇了，让讨厌自己的人转变态度，难度可想而知，她是怎么做到的？

十年前，J从市场部调到销售部，一个美貌空降兵当了中层，在做出业绩之前确实难以让人信服，其中包括她的顶头上司。对于J的能力，他总是心存质疑，在支持力度上自然打折扣。而少了上司的力挺，她的工作难度至少增强两个星级。

普通姑娘遇到这样的事，多半要上网吐槽或者向闺蜜抱怨霸道总裁了，但是，J没有，她人前人后从不说上司一句不是，更不会挑战职场大忌越级汇报诉说委屈，她很安静地思考当年那个三十三岁的从王牌销售走向销售总监职位的男人讨厌她的理由。

很快，她清楚了三点：

第一，销售部与市场部有天然的抵触感，销售部认为市场部只会花钱，市场部觉得销售部只盯着眼前业绩，缺乏品牌意识与长远规划。

第二，上司认为她是个装腔作势的娇娇女，吃不得苦受不了累，承担不起销售部繁重的业绩指标。

第三，在大男子主义的老板面前，所有女人都是光说不练的软柿子。

目标清晰之后，她着手扭转。

她接受工作任务从来不说"不"，永远是利落的"行"，然后再开条件："但是我需要这些支持"；

工作时间，再辛苦再艰难，她也不在男同事面前颤抖流泪脆弱，弱化职场上的性别差异；

她汇报工作永远简短有力用数字说话，销售总额、增长百分比、利润率等关键指标一目了然，克服女性逻辑混乱的弱点。

坚持了半年多，上司的态度便有所改善。

可是，真正的质变却源于一场大型活动，J主动请命做了项目牵头人。

这场全年最重要的活动需要各个部门间的紧密配合，来自市场部的J充分发挥人缘优势，争取了不少额外支持；但是，活动执行却是苦力活和体力活，海量琐碎细节必须确认，活动开始前一个晚上，为了落实物料，J在现场几乎待了通宵。

凌晨三点，上司带着两位同事来到现场，反复核对每一个环节。

J说，看到他的一瞬间，她就明白了为什么是他脱颖而出成为销售总监，非凡的职位背后都是非凡的敬业，可以想象，以往多少次这样的重要活动，他都在关键时刻坚守现场。

人们最容易欣赏的，都是和自己气息相投气质相近的人。

上司请大家吃了夜宵，然后让一位男同事护送J安全回家，临上车前，他对她说："你挺行的，既能够团结市场部的能人做大事，还能团结我这样不给力的小人不坏事，哈哈。"

团结能人做大事，团结小人不坏事。

J听了心里一凛。

活动大获全胜。

J在上司心目中的形象也大获全胜。

这位老板，成为她职业生涯最重要的老师，几乎手把手教会了她销售部的工作流程和技巧，他升职后，她接替他成为销售总监。

生活是门艺术，更是一项本事。

如果把它当成艺术，自然可以相对任性——艺术是发自内心的情感体验，我们可以只冲友善的人微笑，只对喜欢的人讨好，只向讨厌的人发飙，完完全全做个真实的自己。

可是，这只是真空中的理想状态，普通日子里绝大多数状况不是心想事成，而是事与愿违，机缘有时候偏偏就掌握在那个不喜欢我们的人手中。

怎么办呢？怨天尤人感慨世道不公吗？

没用的。坚强的人想到的是改变，脆弱的人选择的才是回避。

除了做个艺术家，我们也需要把生活当成一项本事去修炼；有本事的人，才有扭转乾坤的力量。

如果说杰奎琳·肯尼迪是美国历史上最有魅力的总统夫人，应该不会有太多人反对，可是，即便这样的第一夫人也有不买账的政敌。

1961 年 6 月的维也纳峰会上，她和当时苏联最高领导人赫鲁晓夫相邻而坐，处于微妙美苏关系中的两个人很快就耗尽了所有谈资，像路人甲和路人乙一样干坐。为了避免失语的尴尬，记者出身的杰奎琳问起被苏联送上太空的两只小狗，赫鲁晓夫回应其中一只叫"斯特拉斯卡"的雌性狗刚生下孩子，杰奎琳立刻兴致勃勃地抓住小狗的话题。

知情达意的赫鲁晓夫很快把一只名叫"普辛卡"的小狗千里迢迢送到美国的第一家庭，没错，这就是那只太空狗的孩子。从此之后，肯尼迪与赫鲁晓夫努力维持相对融洽的私人关系，成为秘密笔友，以"亲爱的总统""亲爱的主席"互称。

可见，如果找到症结并且愿意为之努力，世界上最不可能喜欢你的人也有被改变的可能。

而除了政敌，这个女人还有情敌。

美国传记作家安德森在《夕阳余晖：肯尼迪和杰奎琳的最后一年》中写道，玛丽莲·梦露曾经打电话给杰奎琳，明确告诉她自己与总统共度春宵，声称总统答应会为了她离开家人。

一个非凡的小三与一个非凡的正室之间的正面交锋没有以火药收场，杰奎琳在电话中沉静地回答："玛丽莲，你会嫁给肯尼迪的，这太棒了。你就会搬进白宫，承担第一夫人的责任，而我搬出去，然后所有的问题都会落到你的头上。"

狮子座女人的神回复，使她坐稳第一夫人的位置。

而无论梦露多么美艳销魂，也只能止步于电影明星，无缘总统夫人。

对于不喜欢我们的人，对抗和战争并不是解决问题的唯一途径。

团结能人做大事，团结小人不坏事。这里的"小人"并不是"恶人"，而是和我们三观不同、意见相左、利益相悖的人。

生活的平顺，有时候也来源于化解而不是激化矛盾。

生活就是一支这样的团队，良莠不齐，绝对不可能事事遂了我们的心愿。

我们有什么货色，
世界给什么脸色

罗振宇曾经讲过一个故事，大意是这样：

他有一个非常漂亮的女性朋友，从事销售工作，出售的不是牙膏面盆之类小件日用品，而是那种一笔吃一年的大单，虽然三百六十行行行出状元，但她这个行业听起来似乎挺高大上。于是，老男人罗胖好奇了，很直白地问：你长得这么好看，做的又是大生意，难道没有客户对你提出潜规则？常在河边走，你就没有湿过鞋吗？

漂亮的女性朋友略微沉吟，说：还真有，但是我考虑了一下没接受。我原原本本告诉对方，谢谢你对我有好感，我对你也一样，可行业里没有不透风的墙，这回我如果答应了你，就意味着下回不能拒绝别人，工作标准得一刀切，那我整个职业性质就变了，我从一个卖本事的姑娘变成了卖色相的姑娘，而行业这么大，我不能一路睡过去，你喜欢我一定会替我考虑，我们还是把这种好感变成彼此的体谅和尊重吧。

于是，没睡成的客户变成了他漂亮女性朋友的朋友。

可见，人们在选择潜规则对象的时候都是要思索的，首先觉得可能性大，其次觉得风险性小，最后还会试探，试探不成便聪明绕道，完全不是见哪儿扑哪儿的那种。而一个被成功潜规则的人，一定流露出了某种可以被潜的气质和特性，也就是俗称的：盆子不嫌罐子黑。

这句话文艺点可以说成：当我足够好，才会遇见你。

哲理一些能够表达为：我们是谁，就会遇见谁。

但我更喜欢郭敬明简单粗暴的直言不讳：我们有什么货色，世界给什么脸色。

所以，大家才能看到很多天造地设的搭档，奇葩一定能嗅出另一朵奇葩独特的香气，安徽有一道名叫"绝代双臭"的菜，臭鳜鱼烧臭豆腐，这样的搭档，确实是绝配。

只是，如果说"当我足够好，才会遇到你"，那么反过来也可以理解成"当我不够好，好事也不会来"，而这个不怎么好听的理由，才是很多事情真正的答案。

比如：

为什么我穿不上那件漂亮衣服？

因为你太胖。

为什么升职的人不是我？

因为你的绩效赶不上别人的成长。

为什么我的男人离不开小三？

因为在他心里你和孩子加一块的分量都不足以让他安分下来。

为什么客户没有时间跟我吃饭？

因为你的重要程度不够他为你拿出专场。

为什么前途总是一片迷茫？

因为你的本事撑不起你的奢望。

为什么我不是遇上霸道总裁的玛丽苏？

因为玛丽苏不好当，先得把自己修炼出遇上霸道总裁不露怯的气场。那种顶着假发发着嗲分分钟搞定生活的粉红少女，只生存在偶像剧里，真正好运气的玛丽苏都是把荆棘踩在脚底下的芭比脸钢铁侠。

很多时候，解决问题的关键貌似在别人那儿，实际上，开启未来的钥匙却在我们自己手里，只是钥匙有点重。

玛利亚·卡拉斯是二十世纪最伟大的女高音歌唱家，优雅美丽，一生演出歌剧上百部，音量幅度极其宽广，从轻巧的花腔女高音到最壮实的戏剧性声部都能胜任。她还擅长形体表演，演出充满雕塑美。

刘欢曾经与乐评家金兆钧等人一起观看她的演出录像，当卡拉斯出现时，刘欢叫起来：看哪，这才让你知道什么是仪态万方！

这个仪态万方的女神，年轻时却是个一脸青春痘的胖子，她依靠拼命吃东西弥补童年不被母亲喜爱的缺憾，所以，她身高五英尺八英寸，相当于一米七三，体重却超过两百磅。即便上个世纪前半叶，没有哪个女高音歌唱家不拥有丰腴的身材，但是，她依旧被所有著名歌剧院拒之门外。

屡次碰壁之后，她不再期待奇迹发生，而是花了一年时间把体重从一百零六公斤减到六十公斤，做了激光美化肌肤的治疗，不好看的女胖子变身时尚偶像，米兰的斯卡拉歌剧院向她敞开大门，将近二十年里，她女王般统治着歌剧界。

只是，如果不减肥，她依旧是个会唱歌的女胖子，被一家又一家歌剧院以各种冠冕堂皇的理由拒绝。

思维方式有两种，一种认为解决问题的症结在别人，另一种，觉得搞定困难的关键在自己。

前一种人总是感到绝望，永远所嫁非人；后一种人常常发现惊喜，总是能找到新的机会和出路。

我们在这个世界上真正的得分，往往是自我评估的八折——每个人多多少少都要把自己想象得能耐大点才能包容住心底的脆弱，而生活给我们的脸色又总是在八折的基础上再次做了盘剥，所以，经历螺旋式递减之后，只有实力仍然足够强劲的剽悍家伙，才能够看到生活的好脸色。

那些温暖的假话就像无用的鸡汤一样没劲儿。

而迷信，就是傻子遇到骗子的结果。

前两天，朋友给我发了个段子：

年老力衰的黄鼠狼在临近山谷的鸡舍旁竖了块牌子：不跳下来，你怎么知道自己不是雄鹰呢？

于是，每天都有认为自己是雄鹰的热血沸腾的鸡从悬崖上蹦下来摔死，成了原本丧失捉鸡能力的老黄鼠狼的午餐。这下，妈妈再也不用担心我会老啦，黄鼠狼天天吃得饱饱的。

其实，朋友的本意是讽刺我这种鸡汤作者给读者打鸡血，没想到，反而贡献了一个素材，让我今天能够多唠叨两句：假如我们是只认不清自己的小笨鸡，就会有条黄鼠狼，在鸡舍旁边竖块"不跳下去，你怎么知道自己不是雄鹰"的牌子，等着我们自投罗网。

还有，这次为啥起这么难听的标题呢？

亲，因为真相没几个好听的。

为你发条独一无二的信息

　　每年过年，我都很期待收到 N 的短信，因为那是独一无二只发给我一个人的消息，而且，我知道这条消息不会在大年三十至大年初三任何一个享受假期或者与家人团聚的时候收到，它往往出现在上班第一天，心里依旧带着年味，手头却有了充裕回复的时间。

　　十多年前，N 是我的同事，那个年代，千万级别的媒介客户不像现在这么普及，N 手上有四个千万以上的客户，是毫无疑问的业务大咖，他的客情关系维护几乎是行业内的样本。

　　当年的手机时代，N 和我讨论过年发短信的规则：

　　第一，不要群发。那种没有称呼不带落款从网上摘抄的段子必定湮没在海量信息中，不会给人留下多少印象，甚至，假如别人没有存你的手机号，便陷入了"猜猜我是谁"的困惑中。微信时代也一样，如果对方没有设置你的备注信息同样不知道这条千人一面的消息是谁发的。

　　第二，最好别在大年三十到大年初三之间发。多少人跋山涉水只为回家团聚，在他人享受天伦之乐时最大的体谅不是送祝福，而是不打扰。或许有人觉得在家人面前手机提示音响个不停是朋友多混得好的佐证，实际上，靠发短信维系的关系往往算不得太近，至少没近到抄起电话直接问候的程度，所以，体贴比殷勤更重要。

第三，别发太长。那种"送你九个祝福"的段子，大部分人都没有耐心看到第四个，真诚简短有力，反而印象深刻。

说完这些，我请 N 再教我点给客户发短信的技巧，他坏笑着露出一口白牙："小姑娘不要老想着技巧啊捷径啊，最大的技巧是用心，就像最高的情商是待人真诚一样，越往后你会越明白。"

也正是那一年，我收到了他的第一条过年短信："筱懿，人生是一棵爬满猴子的大树，向上看都是屁股，向下看全是笑脸。新的一年，愿你看到更少的屁股更多的笑脸，当然，不看尽屁股，怎能看到笑脸，哈哈。"落款是他的名字。

当时，还是老板行政助理的我会心微笑，这条消息发给初入职场的姑娘，励志而不鸡汤，说到我的心里。

于是，开年上班，我问 N 上哪儿找到这么多特别的内容给每个人发不一样的短信，N 说，这可不是临时找的，大约过年前一个月，就准备短信的内容了，预备发给哪些人什么话，事先想好编辑好，存储在手机里，过了初三再发送。

短信要么不发，要发就认真发。

他说，思考信息内容的时候，也是梳理人际关系的机会，想起与这个人的点滴交往和情分，各种感触涌上心头，落到键盘，必然是独一无二的问候和情谊。我又问 N 每年发那么多短信累不累，他惊讶地看看我：你以为我是按照通讯录一溜儿发过来？人哪有那么多朋友，值得发短信的人再多不会超过一百个，其余发不发都不会影响彼此的关系。

细节决定成败，一条短信就看出了我和 N 维护朋友圈的差距，接下来的十年里，我几乎都在向他学习。

冯仑曾经说，人一生中所交朋友的极限大概是十个、三十个和六十个。

所谓十个，就是当我们遇到困难时去找别人借钱，把父母、兄弟姐妹、亲戚朋友都算上，能借给我们钱的人不会超过十个，这些人是最亲密的朋友，是我们的安全底线。

三十个则是时不时有通讯的朋友，比如毕业之后还保持联系的同学，有事没事打个电话问候一声，彼此还想念着惦记着，这样的朋友大概在三十个以内。

而六十个就是关系相对淡的朋友，看到这个人的名字能知道对方是谁，只是好久没有联络，类似十年没见的曾经的同事。

所以，朋友这个概念再宽泛，人一生中交到的朋友也不会超过一百个。

这一百个人里，六十个人是流水席，因为某件事和我们相识，事情结束便失去了联系的理由，慢慢从六十个人中消失，被其他新人取代。而前十个人是最稳定的，剩下的三十个人则处于中间状态，相对来说比较稳定。

即便一个人的朋友圈或者手机通讯录里有成百上千人，称得上朋友的也就这么百把人，给这百把人每人发条独一无二的信息，还是能够做到的，所以，何必撒胡椒面般群发一些谁都记不起来的短信呢？

友情不是流水线，无法批量生产，能够有一定交情甚至感情深厚的，基本都是私人订制，这样的朋友，早已超越了"人脉"的意义，值得用独一无二的信息去表达和维护。

大年初六，我像往年一样收到了 N 的新年定制微信：筱懿，时常来往机场看到你的书，真为你骄傲。祝明年新书大卖，一切顺利。

落款是熟悉的他的名字，附了一张在浦东机场拍的，我书的照片。

五年前，他离职创业，现在把自己的广告公司经营得风生水起。

只是，想起那些年，他比我大三岁，却和我同时同校毕业，高中中断学习做了三年生意，此后返校复读高考超过重点线，所以，当我学生气地行走菁菁校园的时候，他既书生又江湖地在学校附近开了VCD 放映室、餐馆和书店。这些"连锁产业"让他比一般学生更早接触社会，也更豪爽和义气。他经常带头大哥似的说出一些简单粗暴的言论：

"我请一个人吃三次饭，他一次都没有回请我，基本就把这个人从朋友名单上划掉，一个特别小气或者不开窍或者迟钝的人，在任何方面都很吝啬。"

"女孩子不要动不动就麻烦别人做芝麻绿豆的小事，小便宜占久了，你和人家的情分就只值这点小事，真正摊上大事需要帮助，人家反而会躲开。"

　　"过年不要群发短信，很少有人会记住没有感情温度的信息；回复消息把人家名字带上，不要笼统一个谢谢，有名有姓有称呼，是定制版的尊重。"

　　这些粗糙的话在曾经青涩的年纪说出，虽然有些嚣张和稚气，却也经过了漫长时光的验证，尤其三次饭的言论，我在后来的生活中屡试不爽。

　　如今，看过百转千回的热闹，经历了若干次过年的鞭炮，再想起这些粗粝的表达，依旧认同他那句话：

　　真正的朋友，值得我们发条独一无二的信息。

有 多 少 女 人
可 以 做 到 家 庭 与 事 业 双 丰 收

1981年，邓丽君和马来西亚"糖王"郭孔丞订婚，订婚发布会选在郭家自己的香格里拉酒店香宫餐厅，富丽堂皇的装饰几乎还原一千年前宋朝的考究。

那段时间是她最甜蜜幸福的时光，遇到好友便主动展示戒指开心宣告："我订婚了。"郭孔丞的父亲是香格里拉集团的老板，当时邓丽君事业如日中天，这样的媳妇对郭家的帮助显而易见，郭孔丞的母亲还是邓丽君的歌迷，一切看起来都美满极了。可是，这场原定于1982年3月17日在新加坡举行的婚宴却被取消了。

据说，在讨论婚礼细节时，郭家开出三个条件：第一，要求邓丽君提供详细身家资料；第二，保证婚后终止所有歌唱事业，专心当妻子；第三，和演艺界断绝来往，与所有男性友人划清界线。

邓丽君提出"其他要求都可以答应，但是至少让我录音出唱片"，几天后，郭家回复：不可以。

于是，双方退还了信物，爱情和婚礼黯然告终。

若干年后，邓丽君的弟弟邓长禧接受媒体采访时说，当年邓丽君已经决定退出演艺圈，只是，她觉得如果把这当成嫁进郭家的条件实在屈辱："要嫁进去其实还是可以的，但是不想入了，不想勉强，不想遭人白眼。"

"我想结婚，过幸福的生活"是邓丽君的初衷，没有如愿，她消沉之后重新把精力投入到事业中，工作的忙碌暂时抚慰了情感的缺失，她达到事业的巅峰。朋友担心这样的打击会让她对爱情失去信心，她说："不会，爱情无论经历多少次挫折，都会继续追求，爱情对我很重要。"

很多人都说邓丽君不是明星，而是超越明星的传奇，可是，即便这样事业辉煌、为人谦和，看上去什么都不缺的传奇，也并没有搞定家庭和事业，可见，兼顾家庭和事业，是一个多么困扰女人的艰难命题。

究竟怎样达到家庭和事业双丰收呢？这几乎是每一场读者会上"读者"们必问的问题。

实际上这个要求非常高，"丰收"本身就是个不太容易达到的境界。我本来可以讲，要懂得均衡，要换位思考，要合理分配时间，要内外兼修，要融合而不是选择，要知道感恩，但是，这些不痛不痒的话同样也没什么用。我们看过太多明星和名人父慈子孝、妻儿和美的讨喜报道，所以我们更清楚，一件事情如果被拿来当作榜样和新闻，它本身就是稀缺的，谁会羡慕信手拈来的常态呢？

所以，达到家庭和事业的双丰收，是普通女性的梦想，而不是生活的常态，我们平凡的日子里充满了揪心的工作、不理解的老公、长不大的孩子和各种复杂的人际关系。

柏邦妮曾经说，这个时代把中国女人推向了世界，却没有把中国男人拉回家庭，所以，大多数中国女人都在辛苦地打着两份工，一份叫事业，一份叫家庭。

这或许才是很多普通女性的真实状态，也是横在几乎每一位职业女性，以及以家庭为职业的女性面前最大的问题，那些做到家庭与事业双丰收的女人，往往有两个前提：

第一，家人的支持。

第二，相对优渥的收入。

家人的支持不仅来自原生家庭的父亲母亲，更来自丈夫和公婆的理解与认同。有人说，傻呀，不会一开始就选个支持自己的男人结婚？我本来也觉得婚姻没选对是自己眼瞎，看多之后逐渐能理解很多人起初也三观一致，只是走着走着就走散了——中国是世界上发展机遇最多的国家，同样，这也意味着我们的时代变数特别大，或许三年五载，甚至一年半载，夫妻双方就可能存在非常大的距离和差异，这种发展和思想上的不同步，客观上给亲密关系的维护造成困难。

我的同龄人很多是中国第一代独生子女，成长教育中极少换位思考、包容谦让、克己隐忍，也没有继承传统的夫妻相处之道和关系准则，所以当我们面对自己的婚姻和家庭关系时，幸福之后是懵懂。我们并不十分了解当一个人的世界，变成两个人、三个人甚至一大家子人时，怎样游刃有余地交流，导致家庭关系本身存在很多隐患。有了孩子之后，夫妻感情往往不是更好，而是以往矛盾的集中爆发，所以，要得到长辈的支持，并不容易，即便与自己的亲生父母，也存在理念和关系均衡的障碍。

而我们的丈夫，大多和我们同龄，男人心理成熟期本身比女人迟，他们和我们一样是原生家庭的掌上明珠，而不是顶梁柱，在建立自己的小家庭之后才被迫戒除成长的安抚奶嘴。他们的责任感和耐受力不一定比我们强，需要更长的成熟期，所以，有孩子的女人，往往面临陪着丈夫和子女两种"孩子"共同成长的问题。这个时候要求来自男人的支持，很多女性是得不到的。

　　经济的适当宽裕能缓解甚至弱化很多矛盾，当然，豪门恩怨除外。
　　相对优渥的收入，不仅指来自男方的支援，更包括女人自身的经济基础，月嫂的工资年年看涨，但是，很少有人发自内心认同女人在家里带孩子是项含金量非常高的职业。在大多数人看来，除非女人自己出去工作挣得比保姆工资高得多，否则她的工作没有意义——既没有获得足够的报酬，又失去了照顾家庭抚育子女的时间，这样的"事业"显然不值得被支持，久而久之，女人工作的能力逐渐退化，越来越不具备做很多"事业"的条件，她们被迫长久停留在家里，像一只翅膀退化的鸟，不再有起飞，或者飞得更高的能力。
　　客观地说，在普通家庭中，女人的"含金量"，很大程度上决定了她的话语权，以及被支持的程度，但是，却不能保证她和丈夫爱情的热度。有爱和婚姻稳定是两码事，爱情是两个人荷尔蒙的碰撞与契合，婚姻是在现实社会中讨生存的组织行为。有爱的人未必过得下去，没爱的人也不一定会散伙，但好的婚姻一定是把爱情和现实利益结合得恰如其分。
　　我曾经以为生活的若干选项，爱情、事业、亲人、子女等等可以均衡，但是越往后越发现，现实的生活不太有均衡，只有选择，那些所谓的均衡，只不过是在不同阶段有侧重点的选择。

被公认事业和家庭双丰收的女性——比如郭晶晶，先获得了世界冠军，戴着事业的光环和豪门子弟谈恋爱，真正出嫁时，她选择了退役。做世界冠军的时候，她用功极了，花在高强度训练上的时间，一定比恋爱多；做豪门太太的时候，她也很专注，低调谨慎，言行举止符合大家族媳妇的要求。

再比如刘涛，做豪门太太的时候，尽职尽责秀恩爱、爱马仕和私人飞机；家庭需要她出来拼事业时，勤奋、谦和、聪明一样也不缺。

还有杨澜，被公认事业有成家庭幸福，这样的双丰收更大程度上是夫妻双方基于家庭利益最大化做出的合理选择。

她们都在均衡与融合吗？未必，她们只是找到了人生不同节点的侧重，做了自己认为正确的选择。

生活是个非常难以全面兼顾的选项，家庭与事业双丰收，是对女人智慧和运气的双重考验，本身就是个艰难的命题，能够做到，太值得祝福；真做不到，在力所能及的条件下让自己和他人尽量过得愉快，也不是多么丢脸的事情。

如果你是一名普通的职业女性，请一定做好家庭与事业的矛盾长期共存，以及在某个时间段必然手忙脚乱力不从心的心理准备。

后记：

这篇文章之后，我们附了一个有趣的调研，两个单选，分别是：

① 你身边事业与家庭双丰收的女性多吗？

A. 很多

B. 不多

C. 欢迎留言补充

② 你认为达到事业与家庭双丰收最重要的条件是什么？

A. 丈夫的支持

B. 父母和其他亲人的支持

C. 良好的经济基础

D. 女人的智商和情商

E. 社会大环境的包容

F. 欢迎留言补充

在二十四小时中，7741 位女性参与了调研。对于第一个问题，其中 908 人认为身边事业与家庭双丰收的女性很多，6757 人认为不多，76 人留言进行了补充。从数据比例上看，绝大多女性都认为当前平衡家庭和事业是有难度的，"双丰收"的压力和光环太大，可以作为理想，而不是现实苛求。

你身边事业与家庭双丰收的女性多吗？

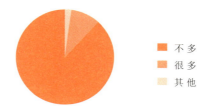

第二个问题，你认为达到事业与家庭双丰收最主要的条件是什么，3364位女性投票给了"女人的智商和情商"，1775票投给"良好的经济基础"，1647位女性选择"丈夫的支持"，538人选择"父母和其他亲人支持"，346票选择"社会大环境的包容"。从答案来看，几乎一半的女性都在反思自身的不足，其他则选择了各种客观条件限制。

你认为达到事业与家庭双丰收最重要的条件是什么？

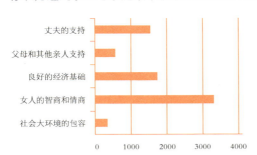

我写这篇文章的时候很慎重，尽量保持客观和中立，但是，我知道写作本身带有个性化和主观色彩，即便本意希望客观，但依旧有很多不够公允的观点，片面之处，先抱个歉。

家庭和事业如何平衡？几乎是每一场读书会必然问到的问题，也几乎令在场的每一位已婚女性，都觉得困惑和不解。

而生活总有理想状态和常态之分，分清梦想和现实的边际，既有心理底线，也有预期目标，懂得适当妥协调整，是女人一生都在面对的功课。

柔 软 的 坚 强

玫 瑰 从 来 不 慌 张

　　她曾经是我美丽文静的女同学，我们习惯叫她"玫瑰"——那时大家都迷恋亦舒的小说，就用《玫瑰的故事》里主人公的名字给她起了个好听的外号。

　　玫瑰有一张白皙温和的面孔，一副天生可以做歌星的好嗓子，说话语速总是慢慢的，音量总是小小的，但很能说到人的心底里去，而你却不知道自己是什么时候被她看穿的。

　　学生时代我们起初是对手，那时她身体不太好，却老和我争语文成绩第一名，不惜为此熬夜苦读练笔。可是，她的刻苦却敌不过我的小聪明，我的作文总是超过她；而我，也暗暗和她较劲，她擅长唱歌，我就偷偷练习发声，总想着在另一个舞台上盖过她的风头。但是，当她一开腔，我就知道自己白练了，我的努力抗不过她的天分，她的演出总是比我赢得更多的掌声。

　　后来，有一天，我们俩坐在校园操场边的台阶上，望着湛蓝的天空中漫天舒展的云彩，有一搭没一搭地聊考哪一所大学，以及未来漫长、多彩而未知的生活，玫瑰突然笑眯眯地对我说："咱俩别争了吧，我有我的优点，你有你的精彩，做一对互补的好朋友多好。"

女孩不像女人，竞争没有那么多刀光剑影利益纷争，以及一定要东风压倒西风的虚荣。女孩的较量，大多是心气上的不服输，行为上却干净通透，搞不出《甄嬛传》那种宫斗人生，何况我们早就彼此欣赏。

那个下午，我们给了对方一个发自内心的温暖拥抱，于是各自少了一个假想敌，多了一个朋友，没有竞争对手的生活日渐轻松起来。

玫瑰再也不用熬夜温书，她经常跑跑步锻炼身体，早睡早起，体质逐渐好转，她说家里人讲以她的资质做到良好很轻松，做到优秀却太辛苦，所以，各个方面均衡发展，不想再为了单项优秀或者超过某个人而牺牲其他乐趣。

我也不再苦练本来就不擅长的唱歌，而是坐在台下安静地听玫瑰演唱，由衷地在心里为她鼓掌，没有憋着劲儿要超过某个人的较真。我把更多精力放在课外阅读中，在我喜欢的文字里徜徉，心里充满踏实的快乐，后来的高考作文几乎拿了满分，得以弥补超级烂的数学成绩考上一所还不错的大学。

而玫瑰，则凭着均衡而良好的总分去了另一所重点大学，毕业后读研，然后留校任教。

仿佛生活的考验，玫瑰在大学里最具社会气息的管理学院教《管理学》。她绝对不是最会"来事"最会与学生拉关系的老师，她的业绩说不上骄人，但也无可挑剔；嫁了相爱的普通人，日子过得波澜不惊；她每天都要午睡，做瑜伽，生活很有规律；她不要求老公做这做那，有时间两人就一起逛街、旅行、看书，与周围一些拼尽全力却活得七上八下不尽如意的人相比，她难得安静平和。

我曾经笑问她，一个教《管理学》的老师，怎么能活得这么泰然，怎么面对无处不在的"人生管理"，怎么用专业知识解读"竞争对手"的概念？

她歪着头浅笑说："正是因为教《管理学》，正是因为看过那么多竞争对手分析和调研，我真心觉得中国绝大多数企业都没有强大到值得研究竞争对手的程度，因为自己分内的工作还没有做好，把分内事做好，不是第一，就是第二，再不济也是优质企业，何必在意那个排名和对手？就像这个世界上绝大多数人都没有强盛到足以左顾右盼、为自己找'对手'、对别人评头论足的功力，因为自己的日子都没有打理好——人最大的竞争力就是专注过好自己的生活，企业最大的竞争力就是专注做好自己的领域。"

我想起多年前她和我拥抱的那个下午，她如此轻巧地战胜了自己的心魔，删除了一个所谓的假想敌，收获了一个至今陪伴左右的伙伴，这是个多么聪明的姑娘。

而如今，我成为一名相对成熟的女性，听到别人的赞美不再手足无措地脸红心跳，我轻声道谢，在心里判断这些鼓励是由爱而生的表扬，还是礼貌得体的客气；遇上他人的批评不再慌里慌张地隐匿辩解，先想想对方说得有没有道理，在心里衡量自己需要改进的地方，我也觉得自己并没有"吃亏"，而是沿着一条向上的路径慢慢行走。

真心为他人的成绩鼓掌，走好自己的方向，是我从玫瑰那儿收获最大的友情红利。她明白，等候，或者争取生活的答案是个煎熬而漫长的过程，但是，她同样学会了耐心等待、努力探索，专注于自己的光景，不对他人评头论足，不给自己设立对手，而是把所谓"对手"变成学习榜样，于是，她生活在没有对手的世界，看上去并不出类拔萃的她，才是无敌并且强大的人。

有一张因为记录了 1953 年 5 月 29 日，人类首次登上珠穆朗玛峰而闻名世界的照片。

在这张照片上，尼泊尔向导丹增·诺尔盖站在峰顶手举一块冰，上面插着随风飞舞的旗子，而给诺尔盖拍这张照片的，是新西兰登山家埃德蒙·希拉里。

希拉里把"登顶珠峰第一人"的荣誉拱手相让给了他的向导丹增。

据说，他在距离珠穆朗玛峰顶不足一米的地方停下来，像早就计划好了似的，用手指着上方对向导说："这是你的土地，你先上吧。"年轻的向导不明白希拉里话中的深意，只是按照他的手势向前迈进了几步，丹增·诺尔盖没有意识到，希拉里让他先走的那几步登顶路把他带入了登山史册，成为人类历史上第一个攀登上珠穆朗玛峰的人。

希拉里让生活在这片土地上的人得到了本该属于他们的荣誉，自己也被人们记住并且钦佩。

真正强大的人，不仅不会慌张，不害怕被人超越，还懂得为别人让路。

明明拼脸就能赢，
她们却一定要拼才华

　　前段时间，我有机会和一名被公认事业顺利的女超人合作，见面之前我就听说了关于她如何成功的三个版本：

　　版本一，她有个神通广大的爸爸，与业内头头脑脑的关系不错；版本二，她老公青年发迹，妻凭夫贵，有了家庭的助力器，事业的火箭自然一飞冲天；版本三，她本人是个爱走上层路线的美女，乖巧可人长袖善舞，自然深得领导青睐脱颖而出。

　　总之，一个女人做出点儿成绩所可能走的捷径与幸运，在她身上基本上都被传说完了，唯一没有提到的是，她本人性格如何能力几许。

　　见面。

　　她确实如同传说中的家境不错，面貌清丽，截然不同的在于这可不是一个绣花枕头——她做事干脆利落一点没有女人的优柔寡断和拖拉，在团队里丝毫不搞特殊化，和所有人一样吃苦耐劳，不推诿不懈怠，凡事冲在前面。与她合作很放心，她一定能够按照要求在规定时间里把工作做到尽善尽美。尤其，三个细节特别打动我。

一是她的车上永远放着两本书一支笔。车堵得太狠的时候或者碎片时间，她立刻捧上书，看到重要的地方用笔做好记号，互联网时代她依旧相信"好记性不如烂笔头"。我问她一年要看多少书，她说不少于六十本；我问她怎么选择书的种类，她说一部分是专业书籍，另一部分看图书网站排行榜，能上榜的书多少代表了时下风行的观点。不跟上潮流，思想很快会被淘汰，见面和客户也没得聊。

二是她关注了不少微信公众号。起初我以为一个美女关注的公众号不过就是穿衣打扮、娱乐八卦，外加人文典故。仔细观察了几天，我才意识到完全不是这样。她关注的公众号五花八门，除了很女性化的那些，还包括经济、管理、媒体、职场、心理等各个方面，甚至有一些内容相当好的小众号。

我好奇她怎么找到这些稀奇古怪的公众号。

她解释经常请朋友推荐优质公众号，自己只要看到某篇非常好的文章便会关注那个号。可是，她有个原则，一个公众号十五天没有提供有效内容便立刻取消关注，不在无谓的事情上浪费时间。

所以，她的手机永远不会像我一样，存在大量没有打开的带有红色标记的公众号。

三是她有一本功能强大的记事本，分春夏秋冬四季，每个季节一册厚厚的本子，附有日历、月历、年历，每天分时段列明各项工作，每项工作都设有最后期限。所以，她的时间管理非常高效，工作时间从不聊 QQ 看微信忙其他无关的事情，能电话解决的决不见面，能两句话讲完的不说第三句，能同时并行的宁愿辛苦点，也要优化时间齐头并进。

所以，她边健身边背单词，边开车边学新歌，边敷面膜边做早饭，边等孩子培训班下课边写自己的工作方案，甚至，她很清楚自己穿什么风格的衣服好看，固定几家店几个品牌，用最短的时间把自己收拾得妥帖得体，还能匀出工夫看看娱乐八卦。

我喜欢优秀而丰富的女子，于是，工作结束后我们也成了好朋友。

我开玩笑把那三个职场发展范本告诉她，她听完大笑："我运气真好，好事都占全了。"笑完了慢悠悠地说，"大多数人在心里都有个预设的因果，比如明星一定有绯闻，单身大龄女注定很可怜，女强人必然是男人婆，而美女，必定是拼脸的……这种想当然的逻辑，把很多人的关注点都引偏了。"

我仔细想想，确实。

网络点击率最高的，永远是明星绯闻；企业家情变或者婚变时的关注度往往非常高；情感专家特别爱分析昆凌嫁给周杰伦背后的内幕；观众对郭晶晶出门带几个保镖、什么时候生二胎、出席晚宴穿什么的兴趣大过当年奥运夺冠前的训练新闻；还有金·卡戴珊，全世界都知道她们家族盛产大臀小脸靓女，可是，美女脑容量也不小，在别人关注她们屁股的时候，自己摸索真人秀商业模式，赚了个盆满钵满。

只是，我们看偏的时候，别人却没有走偏。

能够经得住岁月考验的美人，维持美貌的方式不是贴面膜打玻尿酸，像日本的不老仙妻水谷雅子那样每天做四次面膜泡三小时澡，把人生三分之一的光阴都用在维护美貌的损耗上——美貌是件太易耗的资源，除了需要外在的养护，更有赖内在的滋养。三十岁以前，女人漂亮是老天赏饭吃，而三十岁之后还能光彩夺目的，就是后天整体修炼了。

生活的马拉松跑过一半之后，我们会发现，一个女人魅力的养成不在于养尊处优什么都不做，而是去做一些有意义的事情，同时学会管理好自己的家庭、职业、兴趣和生活，在这个过程当中与更多更优秀的人共处，把自己变得更加积极有趣。那些看过的风景终有一天会在脸上积淀成一道独特的风景线，超越年龄的磨损闪耀温润的光彩。

所以，以为美女们光拼脸真的是把人看扁了。

茜茜公主，除了有通晓多国语言、深谙宫廷礼仪和所属国人文历史的皇后基本功之外，她还是当时最负盛名的海涅研究专家，一首海涅的诗无法鉴别真假，学者们都要向她请教，同时，她也是全国屈指可数的骑术高手。

吴健雄，她最被人津津乐道的身份是袁世凯的孙媳妇，袁二公子袁克文的儿媳妇。实际上，她是真正享有国际声誉的女性物理学家，被称为"核子研究女王""东方的居里夫人"。1986 年，杨振宁、李政道、丁肇中和李远哲四位诺贝尔奖得主发起在台北创立吴健雄学术基金会，地位可见一斑。

吴健雄的闺蜜孙多慈，广为流传的身份是徐悲鸿的红颜知己，美女画家，因为著名的师生婚外情成为民国名媛。而事实上她不仅油画、素描、国画艺术造诣很深，并且在书法、文学上具备相当功力，别人一年才能学出个所以然的素描，她一个月就上手了。

我的朋友高老师说：最可怕的女人，是那种明明拼脸就能赢，她们却一定要拼才华的家伙。

的确，世界上最大的差距不是我们比别人脸弱，而是，我们以为人家在拼脸，而实际上人家拼的是才华。

请拥有对自己51%的控股权

M是朋友中的烘焙达人，常常聚会时带上最新作品，让我们既饱眼福又饱口福，大家常常开玩笑，她不开间蛋糕房真是可惜。每当这时，全职太太M便幸福微笑："都是给老公儿子做吃的练出来的。"可是那天，我们再次这样赞美，她却没有半点笑容，沉默地放下蛋糕。

大家问出了什么事。

M犹豫了一会，勉强地微笑：事情就出在蛋糕上。烘焙是爱好也是技能，我想用它成全点自己的小事业，回家和老公儿子商量开间蛋糕房。小区门口有闲置门面，平时销售产品，周末可以给主妇们做烘焙学堂。可是，两个男人众口一词反对，挺意外的。

我们问反对的理由，M说："他俩觉得开间店太耗时间，儿子马上升初中，谁照顾孩子照顾家？这么久不工作，他们对我的能力也很怀疑。还有，开店虽然花费不大，但是毕竟是项支出，老公不同意，我也不好随便动用钱。可是，这么多年我也就这么点自己的念想，立刻被否定。而他们的想法，无论大小，我都尽力帮着完成，这种对比多少有些失落。"

M 说完自嘲地笑。

成年人学会的重要本领就是在别人的家事和自己的私事上立刻闭嘴，于是，我们礼貌地沉默了。

我认识 M 很多年，她是这个年代贤妻良母的典范，也从来不是一个"主动"的人。她受过良好教育，原生家庭和睦，最大的梦想就是成为幸福家庭的主妇，于是，她放弃做得不错的工作，相夫教子。如果没有这块蛋糕，她未必觉得失落——她的一切，在外人眼里，几乎是完美中产阶级的样本。

可是，坦率地说，我们却生活在一个对职业女性和全职主妇都不够友善的时代。

职业女性胼手胝足打拼自立的资本，减轻了未来婚恋选择中男人的物质压力——能够体面供养妻子儿女的男人当下毕竟是少数。但是，他们和他们的原生家庭往往要求不低，出得厅堂入得厨房上得职场带得儿郎，职业女性常常困惑于家庭和事业的矛盾，让她们骄傲的职业成功像把双刃剑，一方面支撑了对自我生活的自主权，另一方面却被贴上不够女性化的标签，贤妻良母和职场先锋之间违和感强烈。

而全职主妇，她们的劳动成果并不太被尊重，她们是别人眼里"不上班的女人"，臆想中海量时间无处打发。可是，真正经历过"全职"的女人都明白，这绝不是"从前时光很慢，车马很慢，邮件很慢，一生只够爱一个人"的年代，这是个"坐地日行八万里，巡天遥看一千河"的年头，打理好一个家庭不比打理好一份工作简单。而在这种飞速的变化中，工作的丈夫与不工作的妻子很容易节奏和话题脱节，她在他眼里变成一个能力可疑啰嗦琐碎的女人——谁让你不能创收呢？谁让你不能广泛接触社会呢？

这个时代男人有幸福吗？真的不一定。如果用"挣很多很多钱并且被别人知道"作为衡量男人成功的重要标准，他们确实也挺累，只这一个要求，便把很多普通人从意气风发的少年，折腾成面目模糊的中年人。

只是，男人和女人最大的区别是，压力再大，生活再辛苦，男人都不会把自己人生的股份轻易出让给别人。他们始终保持着对自我51%甚至以上的控股权，他们有独立的爱好，有自己的朋友圈，有自立的工作，有掌握了话语权的家庭；而女人，经历了职业、恋爱、婚姻、育儿的各项融资之后，不断妥协，不断放低要求，自己持有的股权被持续稀释，直到有一天惊讶地发现，自己已经被赶出了自我人生的董事会，自己做不得自己生活的主，丈夫、子女、父母还有很多无关紧要的人变成了她们人生的大股东，共同决定了她的生活走向，决定她该不该上班，要不要开店，最好不要和那些自我意识强烈的女人交朋友。这是一种怎样无奈感伤却无力回天的负面感受呢？

1869 年，挪威最伟大的戏剧家亨利克·易卜生完成了著名的社会剧《玩偶之家》（*A Doll's House*）：

海尔茂律师刚谋到银行经理的职位，志得意满准备大展鸿图。妻子娜拉请他帮助老同学林丹太太找份工作，于是海尔茂解雇了手下的小职员柯洛克斯泰，让林丹太太接替空出的位置。

可是，每一个小人物都不能轻易得罪。娜拉早年为了给丈夫治病借债，无意中犯了伪造字据罪，这张要命的字条刚巧掌握在柯洛克斯泰手里，于是，他拿着字据要挟娜拉保住自己的工作，不然就给海尔茂写揭发信。娜拉没有同意，她对丈夫的爱与保护心存幻想，没有料到的是，海尔茂看了揭发信后勃然大怒，大骂娜拉是"坏东西""罪犯""下贱女人"，说自己的前程全被她毁了。

　　僵持中，戏剧高潮发生了。柯洛克斯泰被自己的前女友林丹太太说动，决定做个好人重新开始生活，他退回了娜拉的字据。海尔茂的危机解除了，他立刻变脸，快活地叫道："娜拉，我没事了，我饶恕你了，再来当我的小鸟吧。"

　　娜拉却不肯饶恕他，戏剧化的情节让她看清，丈夫在意的只是他自己的地位和名誉，所谓"爱"与"关心"，是在不妨碍自身利益的前提下顺便的给予，她不过是他的玩偶妻子。

　　于是，娜拉结束了自己的玩偶生涯，离家独立生活。

　　易卜生是社会问题剧的始祖，这部剧我看过不同译本，有点像一个男人写的婚姻寓言，难得的是，它很真实地描绘了婚姻与爱情在男人生活中的位置，男人面对危机时真实的心理变化，以及一个婚姻中的女人从爱护、信赖到反思和顿悟的过程：和平年代，繁荣能够掩盖一切问题；生活略有分歧和波动，自立的资本就成了谋生的基础。鲁迅在北京女子高等师范学校做过一场《娜拉出走后怎样》的演讲，说娜拉的结局"不是堕落，就是回来"——当一个女人不掌握自己人生的控股权时，其他奢望都是笑话。

爱情和婚姻说到底是彼此的成全。

男人需要走四方的时候，很多受传统教育的好姑娘都会对他们伸出双手："亲爱的，去吧，我等待你。"可是，当女人需要的时候，有多少传统的好男人会对她们伸出双手说同样的话呢？

世界习惯了女人的退让和容忍，心安理得又润物无声地收购着女人的人生股权。

我们对 M 的问题持续沉默，打破安静的是 N，一位自己创业的女朋友。

她声音轻柔地说："亲爱的，你确实很想开店吗？如果你确定，你看这样好吗，和你老公商量一下，资金方面我们各出 50%，我请公司企划部协助你选址开店和推广，你不至于没有帮手太忙乱，既能照顾家庭，也是我们的一项小投资，可以吗？"

我不知道 M 会怎样决定，或许 N 给了她一个回购部分自己股权的机会。

而 N，她不用咄咄逼人，也不用尖锐刻薄，她明白自己掌握着生活 51% 的控股权，所以能在生活的董事会上淡定微笑：这件事这么决定好吗，大家给点建议和帮助吧。

保持对自己的控股权，并且，和那个不总想着收购你的人在一起。

我们是妈妈，
我们更是自己

十几年前，我优秀的女同事 A 走进我女老板的办公室，一会儿门开了，她神色复杂地走出，我进去送材料。

我的女老板利落地签好文件，放下笔，抬头看看我："A 怀孕了，她将面临职业女性最大的挑战——当妈妈，我们在工作里需要给予她更多的照顾和支持。但是，做好新人分担工作的预案，因为，她很可能再也回不到过去的状态。"

那是我第一次听说当妈妈是项巨大挑战。

老板像占卜女神一样准确预测了同事 A 的状态，她从什么都搞得定的伙伴，变成了六十分的员工，家事电话此起彼伏，经常不能按时完成需要衔接的工作。她生完宝宝复工半年后再次停了工——永久性停工，辞职回家做了全职妈妈。

大家为她开了小型欢送会，她五味杂陈地和每一位同事拥抱，与老板拥抱的时间最长，老板拍拍她，说，理解她的决定，既然选择了"妈妈"这个世界上难度最大的职业，就全心做好。

回去的路上，老板开车，我问她为什么"妈妈"是难度最大的职业，她笑着说了段十年后我自己做了妈妈才顿悟的话：

"在中国，不曾被孩子重塑过的女人，从未像风箱里的老鼠一般被家庭和事业双面夹击的女人，未尝经历三代以上复杂家族关系考验的女人，无法全面理解生活的辛苦，有太多热心观众教你如何做个'好妈妈'。"

当我成为妈妈，我真切感觉到，在当下的中国，"妈妈"这种天然的身份被加入了太多成功学和竞争上岗的意味。

比如，"成功"的妈妈意味着教育出了"成功"的孩子。

"妈妈"这个岗位比销售总监还势利，再多的付出，如果孩子没有达到世俗意义的成功，没有从小表现出过人的聪颖，没有名校毕业工作体面，那么，所有努力自动生成差评。那些出书的"虎妈"，胜过老师的"好妈"，全都因为孩子的成功才获得社会的普遍认可。

世界上绝大多数岗位都有卓越的标准，唯独"妈妈"没有，"妈妈"这个岗位永远有人做得比你更好，永远付出多少都是应该的，永远不求回报，连希望别人点个赞都是非分之想。

比如，各种舆论都在强调"拼妈时代"。

在中国，妈妈们必然加入学校老师的官方微信群，这是老师用来传达指示布置任务的通道，原本是个快捷方式，可是，老师每发一个消息，家长竞相抛出各种卡通表情夹道欢迎。一位职场妈妈的段子笑点里全是泪点："我一个电话会议结束，几百条未读信息，我要穿过几十个跳舞的小姑娘、卖萌的河狸，还有吐舌头的小黄人，扒拉到手指抽筋才能捞到点干货。"

是的，全能妈妈就是这样，她们不能错过子女成长的每一个片段，书上说陪伴不够孩子成年后心理会有渴爱焦虑症；负责任的妈妈必须亲力亲为孩子的一切，母乳喂养、一饭一蔬、一针一线；优质妈妈要折得好手工、烤得出蛋糕、读得了童话，甚至做得出上小学之后的PPT。

如果没有为孩子放下一切，很容易被归入"自私妈妈"的行列。

这种负担沉重的语境下，很多女性不同程度患上"当妈恐惧症"，一想到"妈妈"这个词，背景音乐立刻调成《烛光里的妈妈》《世上只有妈妈好》《念亲恩》这类让人听着就想哭的歌。

起初，我也用过这种成功学的方式要求自己做优质妈妈，非常辛苦，也未见得多有成效；后来，我用概率学的眼光重新看待我和孩子的母女关系。

我自己是中人之资，那么我的孩子从概率上说特别好和特别差的几率都不会太大，除非后天基因突变或者我们的生活状态发生巨大改变。她最大的可能是成为和我差不多的中等人，这难道是一件特别让人难以接受的事情吗？

为什么一定要求下一代比上一代强呢？每一代都比上一代优秀，社会早就进化得人间处处是男神女神，普通人往哪儿生存？和孩子死磕，要求自己成为无死角妈妈，如果不是发自内心的爱，实际上是和自己的基因死磕，磕得过吗？

就像谴责男人抛妻弃子做事业不人道一样，要求妈妈们超越自身承受力全能表达母爱，除非她自愿并且乐在其中，否则同样不公平。

社会已经给妈妈们加了压，妈妈们自己干吗不减点负呢？谁规定了好妈妈的开机模式只有某一种？

我们在厨房用打蛋器仔细地调着蛋液，对着烘焙书烤马芬，是温和贤淑的好妈妈；我们早晨换上慢跑装备，带着小不点迎着朝阳努力奔跑，是活力四射的好妈妈；我们揽着孩子指着童话书，细声细语地讲故事，是温暖慈爱的好妈妈；我们出色完成各种工作，顺着螺旋式的阶梯一步一个脚印走向职场高峰，成为孩子的榜样，是独立自信的好妈妈；我们明白自己是一个家庭的支撑，努力让各种关系其乐融融，是高情商的好妈妈。

关键在于，我们以自我的、独特的方式爱着孩子，我们是一个独立的、鲜活的、有自己的人格，而不是面目模糊的"某某妈"。

中国人特别善于把一段关系沉重化和复杂化，是父母就得永远奉献，是朋友就要两肋插刀，是老公就得终身套牢，是妈妈就要最大限度放弃自我。

不累么？谁又能一直做到呢？人负担重了，很难轻盈，更难愉悦，而任何一种关系，一旦不开心，就难以长久维系。妈妈和子女，是一辈子的亲情，要长期共存，除了奉献，更需要休息。

先成全一个人成为他自己，再赋予他其他的社会角色和责任。

而一个人，丢失自己的时间太久，就再也找不回来了。

我做了妈妈之后给我曾经的老板打电话，询问有没有好的育儿书或者影像，她推荐我看《星河舰队》，我看完百思不得其解，外星人入侵地球和当妈有什么关系？

她在电话里狡猾地笑起来："这类太空片最经典的镜头就是，大批外星异形对着地球人的基地发动猛攻，或者捍卫自由的地球勇士向着外星人的母舰集中火力，为什么呢？因为大家都明白，母舰被摧毁就意味着战争结束，就像妈妈没把自己的生活过好过开心，孩子能好到哪儿去一样。只是，外星人都懂的道理，很多地球人反而不清楚。"

每个妈妈，都是一艘独一无二的"母舰"。

每个我们，都是一个独一无二的自己。

而且，我们不仅是妈妈，更是我们自己。

四十岁贬值的女人，
二十岁也未必有太大价值

有段时间我在一档综艺节目做心理老师，这是一档对女嘉宾进行包括护肤、体态、化妆、发型、服装全方位改造，使个人形象焕然一新的电视栏目。我对其中一位女嘉宾印象非常深刻，她对整场改造只有一个要求：务必使自己看上去显得特别年轻。

其实，她看上去已经很"年轻"了，只是，你总觉得这种"年轻"哪儿有点不对劲：

她四十六岁，BOBO 头发型，身材瘦削得如同少女，热裤和高跟鞋几乎是不变的装备，时髦的外表下她羞涩得像头小鹿，公开场合很难大声而完整地说完一段话，和她沟通其实是件特别不容易的事。

我观察了她半个多小时，终于明白那种违和感，来源于她并不是真正的"年轻"，而是"扮嫩"，装扮举止与实际年龄太不匹配。

实际上，年轻是状态，扮嫩是强求，前者很得体，后者很夸张。

我很想知道背后的原因，私下长时间交流之后，得知她结婚很早，二十多岁婚姻失败独自带着女儿生活，而这几年，刚刚交往了一位小自己九岁的男朋友，她非常希望借助外表的年轻与男友看起来更"般配"，于是选择了目前少女式的打扮。她小声而犹疑地对我说："女人难道真的越老越不值钱吗？"

我握握她的手，明白了所有惶恐、游离、不得体的根源：她太怕老，拼命地想留住青春。

一部分男人和女人特别喜欢"女人过了三四十岁就不值钱"的论调，并且爱用这种观点催促身边原本并不焦虑的姑娘火速嫁给一个不那么爱的人，从事一份不怎么喜欢的工作，在灰扑扑的日子里憋屈自己。

可是，"贬值"或者"升值"真的能够形容一个具象的人吗？这两个词都带有太强烈的物化属性，而一个鲜活的人，不是一个亘古不变的固体，她的精彩和年龄并没有绝对关系——你不能指望二十岁拖沓懒散一事无成的女人，到了四十岁绝地反击成为励志偶像。她们最大的可能性是沿着二十岁就设定好的方向，滑向更加平庸无奇的四十岁；你也很少看到二十岁积极健康乐观向上的姑娘，到四十岁就变成臃肿肥胖目光凝滞的中年妇女，她们四十岁依旧有自己的精气神，依旧是同龄人中的佼佼者。

优秀和拙劣都是一种习惯，二十岁时有个好状态，惯性支持下的四十岁也不会太离谱。

而那些四十岁就贬值的女人，往往二十岁的时候，价值也不太大。

2015 年 7 月 10 日，韩国小姐决赛结束，二十四岁的女大学生李敏智夺得冠军，可是，全场让人印象最深刻的女人并不是身材傲人的冠军，而是评委席上一身得体白色衣裤、四十四岁的李英爱。她发型自然，全身上下没有一件夸张的首饰，安静温和地坐在评委席上，可是，几乎所有新闻的标题都是《二〇一五韩国小姐出炉，李英爱出席抢风头》。没错，就是这个四十四岁的女人，在最靠外貌吃饭的演艺圈，依旧以符合年龄的知性优雅俘获了绝大多数人。

有一篇关于李英爱的网络图片热帖，内容是她的一组家庭照片，携全家上镜，和丈夫在一起时温暖贤淑，带着一对龙凤胎儿女时童趣十足。这个被称作"氧气美女"的资深美人，毕业于汉阳大学戏剧电影学专业并获得博士学位，学历高、绯闻少、形象佳，三十八岁嫁给美籍韩侨郑豪泳，四十岁在首尔生下一对龙凤胎，都说她的孩子们是韩国明星宝宝中最漂亮的，甚至是妈妈"纯天然"美女的最佳佐证。可是，大多数看到她照片的人，都不会仅仅把她当作一个"美女"，而是情不自禁被她星星一样明亮的眼神和太阳一般明朗的微笑吸引——她的美不在于没有皱纹，而在于自然、自由、自信的状态。

杨澜今年四十七岁，华语世界首席身心灵作家张德芬五十三岁，哈利·波特的"妈妈"J. K. 罗琳五十岁，"婚纱女王"王薇薇六十六岁，我家院子里做"小饭桌"找到事业第二个青春的张大姐五十五岁。

优秀是一种习惯，会从年轻贯穿到年老。

"年轻"是一个机会，而"资深"，则是日积月累的优势。

认为女人越老越贬值的人，内心通常有三个顽固模式：

第一，没有建立起安全的心理架构，所以，当生理机能逐渐衰老的时候，心理比生理溃败得还要快。

第二，没有把自己当作一个独立的女性，而是某个男人身边的女人，可男人的生物性与繁衍本能决定了他们中的一部分确实对年轻女人更感兴趣——这样总结男人似乎有点不公平，那么补充一句，男人并不都是依靠本能生活，后天的社会化让他们意识到，选择伴侣的时候，年龄不是唯一的标准。

第三，生活中没有足够的爱好或者寄托，分散对年龄与衰老的关注，全副心思都放在不可抗拒的老去这件令人惶恐的事情上。

事实上，这是一个"老"女人的世界，阅历、财富、智慧，哪一样不需要积累，那些掌握了自己生活的"hold 住姐"，哪一个不是资深女人？

一个男人选择比自己年长九岁的伴侣，一定不是因为她充满胶原蛋白的脸，而是其他吸引他的优点：善良、体谅、周到、宽厚，等等。

在那期节目中，我们剪掉了女嘉宾不合时宜的 BOBO 头，换掉了年轻却不得体的短裤，训练了她的仪态和走姿，督促她挺直腰杆大声表达自己的观点。

当聚光灯照下来，她以最终造型出场的时候，全场惊叹：多么好看自信的四十六岁女人，比她小九岁的男朋友鼓掌尤其热烈，眼睛里满满的骄傲。

不是吗，年龄是她的年轮，每一道都有自己的阅历。

时光可以雕刻一个女人，也可以摧毁一个女人。

愿我们都被时光雕刻，而不是摧毁。

她化了妆，你却是素颜

前段时间，我接到一张邀请函，打开一看，乐了：素颜派对。

唯一的要求是，所有参加活动的来宾必须不化妆，除了防晒或者不带粉质的隔离，不能使用任何彩妆。

虽然我不是不化妆不出门星人，但是心底人类的小阴暗还是让我犹豫：第一，万一全场只有我没化妆，其他来宾都捎饬了"自然妆"那可有点吃亏；第二，有人漂了唇有人文了眉，一下子就赢在起跑线上，即便"素颜"，大家的底子还是不一样，无法达到绝对的公平；第三，这会不会是个玩笑，看看哪些傻孩子遵守纪律。

但是，我很好奇，小心脏扑腾扑腾地准备去，并且打算严格遵守游戏规则——这种事，犯规就不好玩了，甚至，心里还有点小期盼，猜测那天会遇见哪些人，她们不化妆是什么样子。

在准备的过程中，我很懊恼地发现，"素颜"与"化妆"都是一项系统工程，要求每个细节都与选择的风格相匹配。比如素颜之后，再去穿恨天高和金光闪闪的衣服显然不合适，既然"素"，就得"素"

到底，搭配自然风格的棉或者麻类舒适放松的服装，整个人情不自禁地"松"下来，没有了往日风风火火来去匆匆的迅疾。虽然离开神器高跟鞋之后，我的个子立马矮半截，但是身心舒展。

而"化妆"则不同，化的不仅是眼睛眉毛，精细的妆面离不开得体有度的举止，精心搭配的服饰，甚至连情绪都启动了"正式"模式。并非刻意要端着装着，只是相由心生，心由相表，外表武装到位，内心戏总得跟得上节奏，不自觉地希望展示比较美观的那一面，即便有一点"假"或者"演"，但这种"假"和"演"又是必须为之的状态。

终于，派对的日子到了。

现场很热闹，我睁大眼睛四处打量，仔细寻找那些平时的熟人：

A是我一直仰视的高个子摩登女郎，有一双让我眼冒红心的美腿，脱了高跟鞋，她素颜的样子像个淘气的小男孩，五官虽然不如平时完美得挑不出毛病，却显出一股天然的俏皮，再也不高冷了。

B是大家公认的女强人，但是现在，我开始怀疑她所谓的"强"不过是平时把眉毛画得有点近，妆面有点硬，以至于必须提着一口气不松劲儿，防止整个人塌下来，要不然，眼前的她怎么一副随和好说话的样子呢。

C是很多人羡慕的著名主播，我只见过她电视上的样子，没什么表情，就算有，也和播报的新闻情绪同步，此时她安静地坐着，认真地听身边朋友说话，一点都没有职业病带来的话痨。

我正在探视别人，很久没见的一个朋友笑嘻嘻走过来："认识这么久，都没发现你嘴唇上居然有几颗小痣。"我也自嘲："是呀，平时觉得不够好看，用遮盖力很强的唇膏藏住了。"

总之，我看见了一群和平时完全不同的人，他们绝大多数不再有通俗理解中的"光彩照人"，却平静惬意。

我忍不住问活动策划人小Q，怎么想起来做一场这样有趣的派对。

小姑娘狡黠地挤挤眼睛，说结束的时候一定真相大起底。

自然风的"素颜派对"晚上十点半便健康收尾。小Q走上台，感谢每一位来宾的参与，她在例行公事的感谢语之后，稍作停顿，微笑着说：

"在生活的舞台上很多完美闪亮的人，从某种意义上都是'化过妆'的——或者被他们自己，或者被关注他们的人，优点被化好妆、打上光，缺点却被有意或无意地遮蔽，于是，我们心里'别人家的孩子'璀璨优秀闪瞎人眼。而真实的'素颜'，会让你发现完全不同的他们，有自己的瑕疵和苦恼，努力和颓废，并非完人，那些花在无谓的羡慕上的力气，其实可以用在自己身上，让自己过得更加平和自如。

"有些时候，我们和他人的区别和距离，不过是因为她化了妆，你却是素颜，希望大家看见真实的自己和他人，这也是举办派对的初衷。"

每个人都为小Q鼓掌，也为当晚自己和别人的素颜鼓掌。

有人问我二十五岁和三十五岁心理的变化，我想，其中很重要的一点是，我不再轻易羡慕"化了妆的别人家的孩子"，不再对别人的生活过度关心。我的关注点更多回到自己身上，我在意自己舒适不舒适，远远超过好看不好看，带来的良性结果就是，人舒服之后才会自如，自如之后自然好看，好看之后往往自信而待人友善，于是形成人际关系的良性循环。

放下同别人的比较心之后，我发现，原先生活的很多苦恼，都来自没有意义的羡慕和攀比。

于是，我不再膜拜股市上一日挣千金的人，因为我喜欢看书远超盯 K 线图，所以得不到那个收益；不再艳羡身材比我瘦而且紧实的人，因为我在健身的单项上付不出那么多时间，现在的样貌已经是厚待；不再倾慕干得好又嫁得好的人，因为我没有超级玛丽的无敌精力，我只搞得定自己面前的小摊子。

我不再拿"化妆"的别人，去比"素颜"的自己，因为我不知道别人的"妆面"掩盖了哪些背后的努力和不被外人了解的瑕疵，也不确定所有闪耀的人，都有传说中那么好。

曾经有姑娘对我说，特别欣赏郭晶晶式的"人生赢家"。可是，这个"人生赢家"七岁开始学跳水，十多年地狱式训练，为了在空中翻腾动作美妙，要求一直保持双眼张开，眼睛在跳水时长期受到猛烈撞击，导致右眼视网膜破裂，视力只有常人的两成。

我相信绝大多数人羡慕的都是"化过妆"的嫁入豪门的冠军，而不是"素颜的"视力极弱的拼命女郎，可两者叠加，才是所谓"赢家"相对真实的状态。

豁达的姑娘，会把生活中无意义的参照物降到最少，不再轻易羡慕别人——羡慕本身，就是一种不太有价值的情绪，距离"嫉妒"很近，距离"改善"很远，把人的脚摁在原地，心却飘往苍茫的远方，徒增烦恼。

　　甚至，你怎么知道，自己和别人最大的差距和区别，不过在于她化了妆，而你却是素颜呢？

 扫一扫，收听有声版

你 为 什 么 不 快 乐

女 人 为 什 么 不 快 乐

    我在上海做《美女都是狠角色》这本书的分享会时，互动环节有一位读者提问：为什么我很难感到快乐？

    我觉得这是个比较私人的话题，于是请工作人员悄悄邀请她私下交流。

    散场后一见面，我们俩都笑起来，她说我看上去有点呆萌，我说她也不像个不随和的人啊，怎么就这么难开心呢。

    气氛一轻松，话题就聊开了。

    我请她告诉我三件能让她开心的事，她歪着头眨着眼很努力地想了好一会，说："老公调回上海工作，儿子成绩进入前五名，自己能瘦十斤。"

    我乐起来："你这哪是快乐的事，你这简直都是年度愿景，甚至三年规划啊，让你快乐成本太高。"

    她也不好意思地笑了："是呀，说出来我才觉得要求高。老公已经在外地工作一年，至少还要两年才能调回上海；儿子现在成绩是班里第十五名，距离前五名还有挺大的距离；我自己呢，体重常年一百二十斤，要瘦下来也不容易。"

我说："能让你快乐的这三件事，除了瘦十斤或许能由你自己独立完成，老公的工作和儿子的成绩都不是你个人能左右的，它需要老公、儿子甚至老公的上司、儿子的老师等等很多其他人的配合，达成的难度非常大。"

她点点头很无奈地认同：所以，我不快乐。

这些年，我见过的不快乐的女人们，不开心的原因大多是两类：

一类是把"乐"点定得很高，而自己的世界又太小，在"小世界"里找到"大快乐"，当然是一件难度很大的事情；

第二类是"快乐"的外因太多而内因太少，个人的快乐却需要很多人配合，凭借一己之力完不成的事儿，自然难办。

我常常想，我们为什么要把快乐的起点定在那么高的位置呢？在市中心有好的学区房，在郊区还有一栋空气清新绿化丰富的度假屋；拎着大牌的包达人，里面各种金融卡的面值不会让自己心慌气短；嫁个至少年薪四十万还体健貌端父母通情达理的男人。

如果我们快乐的基点如此高大，确实很难快乐起来。因为大多数女人的世界往往很小，小到只有爱情加上工作少少的几件事，不旅行，没爱好，很少读书，很少与他人交流，活在自我封闭的世界里，却按照社会通用的价值观要求自己，觉得这辈子没有个好工作好归宿好男人简直就是生活的失败。

这么"大"的快乐需要在更"大"的世界里才找得到，而我们又自动关闭了通往"大"世界的很多路径，怎么能乐呵起来呢？

假如换个思路，把自己的眼界和心胸活得开阔点，在"大世界"里找点"小乐子"，就要容易得多。

我曾经看过一篇陈文茜的访谈，她说，女人一定要向男人学习，把自己的世界活得很大很大，取得成功后更要学会忘记成功，把快乐活得很小很小。她说："我从成名那天开始，就一定要让自己学习当个平凡人。我星期六去菜场买菜，我的装扮，我的态度，也没有让别人觉得像个明星，到后来别人就习惯了，这对我来说很重要。"

一个真正的明星，却把快乐的起点摆得很低，逛个街买次菜，插盆花弄根草，喝杯茶看场电影都能乐得笑出声，这样的快乐遍地都有，还怕难找吗？这样的开心俯拾皆是，还怕自己高兴不起来吗？

在大世界里发现某种小确幸并不困难，陈文茜于是成为豁达开心的女人。

把自己的世界和视野扩大再扩大，丰富再丰富，我们的生活才会有很多的支点，不会因为缺少某一项支撑而倒塌，很多事情都值得我们花费一生的时间去完善。

比如，尽管少年时代我们用了大量时间读书，但绝不代表以后的光阴不需要阅读和进步；尽管在青春期我们常常思考自己是谁，未来要过怎样的生活，但并不意味着而立之后就不再需要向自己提问，随便跟着日子往前滑着走；尽管在成年初期我们沉浸在某场心驰神往的爱情中，并因此走向婚姻，但并不代表往后的时间里不需要爱和沟通。

女人在任何年龄段，在爱情、工作、家庭之外，依旧能够坚持对社会的了解、对友情的培育、对自我的探寻和对思考的要求，她的世界就会因为丰盈而有趣得多。

我曾经问过一位喜欢跑马拉松的姑娘，这么枯燥的运动为什么让她乐此不疲。她说：因为要学会一个人的快乐。

她羽毛球打得不错，马拉松和瑜伽段位更高，如果找不到合适的拍档陪她打球，她就独自穿上跑鞋，或者拿出地垫，安静地奔跑和舒缓，沉浸在自己的世界里。

热闹的生活必须留住很多人，安宁的世界却只需要一个人平静的内心，靠别人给的欢腾，和自己源于内心的喜悦，前者要看他人的脸色和意愿，后者却在自身能力许可之内，这样的快乐，或许得来更简单。

而每一个快乐的成年人，不是生活中值得高兴的事情比其他人多，而是懂得自我调节，降低快乐的门槛，降低别人配合的难度。

长久不快乐，人的"快乐基因"会逐渐消失，不自觉嘴角下垂眉间纹深邃，长出苦大仇深的样子，而这副面孔又会吓退很多原本能带给我们愉悦的人，恶性循环之后，我们就成为一座不开心的孤岛。

不要成为生活中那个难以取悦的人。

临别，我亲爱的读者打算路过街角的时候买束花，再带点牛角包做明天的早餐，儿子周一的校服也要整整齐齐叠好放在床头。

世界很大，快乐很小。

愿我们每一个人，都越来越开心。

你愿意做林青霞，
还是张曼玉

在读者交流会上，我的原则是：不说假话，也不说正确的废话。所以，当一位亲爱的读者问我，她究竟要不要离婚的时候，我想了想，还是邀请她散会后单独交流。

她三十八岁，有一个十二岁的女儿，她描述完婚姻中种种不如意，然后问我："要不要结束现在的一切重新开始？不甘心在这种生活和这个男人身边度过余生。"

我特别不擅长回答一个人要不要和另外一个人分手或继续、要不要选择某种生活、要不要换个职业，这类极其具体的问题，因为不够了解其中的细节，所以无从判断。而实际上，类似问题不适合咨询任何对当事人不足够了解和亲密的对象，它太需要基于事实的有效解决办法，而不是无关痛痒的建议。

我问她："你的钱够不够养你和女儿？如果离婚，你能接受再也找不到合适的男人，一个人过一生吗？"

她有点吃惊："为什么？离婚不就是为了找到更好的男人，过更好的生活吗？我的经济状况足够过日子，可是几个女人愿意一辈子孤老？如果这样，还不如将就着过呢。"

我说："你还是将就着过吧，你不适合离婚或者单身。"

她错愕地看着我，我却很清楚，这是一个生活在新时代的"旧"女性，她们貌似追求的"自我"与"独立"，并不是真正意义上的"自我"与"独立"，她们看起来强大的外表实际上支撑不起一个人的生活。

这种"新时代的旧女性"常常有三个特点：

第一，经济能够独立，思想上却一定要依附其他人。

第二，永远生活在别人的评价坐标中，听别人话，看别人脸，很少探寻自己内心究竟希望获得什么，自我身体和心灵的舒适度服从社会的统一要求。

第三，婚姻观停留在一百年前，希望通过身边的男人证明自己存在的价值和意义。

大多新时代的旧女性无论做到什么职位，取得什么成绩，拿着怎样的名牌包，口头怎样认同"自立"，外表如何时尚新潮，内心实际上都潜移默化接受了一种观点：女人所拥有的一切，都是两性市场的资本与筹码，而两性关系的成败，决定了女人最终的"价值"。她们努力的终极目的，是为了找到一个"给"自己幸福的男人，也愿意委屈自己，减肥塑身塞进那件"幸福"的外套。

所以，虽然不忍心，我还是对她说："你在最年轻好看背景单纯的时候，都没有遇到给你幸福的人，凭什么认为中年之后能找到愿意接纳你们母女的好男人呢？如果你相信自己可以带着女儿独自生活，对未来的辛苦、孤独、困难都有充分的心理准备，或许离婚是重生。可是，你只是为了找到下一个好男人，中年男人再优秀都有割裂不掉的过去，在复杂的背景下建立简单的幸福，不是不可能，而是难度非常大，这样的勇气和实力，你具备吗？"

她沉默了。

曾经，我特别喜欢的东方女人是林青霞，可是，自从2014年张曼玉在草莓音乐节上唱破了音之后，她就取代了林青霞在我心目中的位置。

林青霞更接近中国人欣赏的女神，像一尊静止的菩萨，沉默，华美，面颊饱满，除了与秦汉十八年无果的爱情几乎没有痛点和槽点。她事业有成，盛年嫁入豪门，顶着丈夫的绯闻过着自己的日子，六十岁依旧光彩照人，收到丈夫的豪宅礼物认可一世的辛劳；她出书、聚友、淡定平和，达到一个传统女性功德圆满的幸福。这幸福的背后有多少忍耐和煎熬，是不足为外人道的。

和林青霞相比，张曼玉简直活跃得过了头，完全不符合女神的静态美。

她唱歌、恋爱、做慈善、结婚离婚传绯闻，即便有了盛名，依旧不停地探寻生活的可能性，寻找悬念之外的内容。最打动我的是，她活出了东方中老年女人的另外一种可能性。

她在草莓音乐节上唱摇滚，用破音和不着调给了观众一个四仰八叉的惊讶。女神，难道不应该优雅地老去吗？这么晚节不保。风起云涌的责难中，她笑呵呵地又站在了下一场演唱会上，依然是被上帝抛弃的声音，依然是不在调上的调，她说："我在上海的演出不是那么理想，走音走得蛮多的……今天还是会和前天一样，还是会走音。可是，我会努力。我演了二十多部戏也给人说花瓶，所以，给我二十个机会吧，我应该可以的！"

然后，我身边的很多女人，包括我自己，突然就很挺她，即便她唱着不着调的歌，在一届又一届音乐节里丢人现眼，我们依旧欣赏她的不走寻常路。但是，我们同样清楚，这种路线不适合常态生活中的绝大多数女人。我们身边的女子，大多被生活教训得四平八稳，老老实实待在各种人际关系网里，小心翼翼地生活。

成为一个张曼玉式的新女性，需要非凡的天真、倔强、实力和头破血流的勇气，才能在阻力丛生的成人世界里不按牌理出牌，奔赴自己的梦想。

而这些，是很少有人具备的。

正如实际上，世界虽然前进了那么久，我们身边最多的依旧是"新时代的旧女性"。

后来，我对我沉默的读者说，你既无法想象林青霞像张曼玉一样唱破音还能自嘲，也不能设想张曼玉像林青霞一样中规中矩隐忍沉默；就像无法想象张曼玉选择一个人终老，而林青霞身边儿女成群一样，她们都选择了适合自己的生活，没有好不好，只是走对了自己的路。

我们抱了抱对方，安静分手。

直到今天，我依旧不清楚她做了怎样的选择，但我清楚的是，不是每个试图打破常规的人，都具备相匹配的实力和心态。

你 的 底 牌 比 口 红 更 重 要

有一次，我们销售团队招聘新员工，应聘者过五关斩六将，最终留下几位非常优秀的女孩，或许是巧合，我们团队清一色女性。

我给大家做入职培训，从职场礼仪、时间管理到销售行为分析，她们听得欢声笑语。快结束时，一位刚毕业的姑娘 J 提问："听说做销售的女孩必须酒量大，能喝才能签单，是真的吗？"

新员工七嘴八舌议论起来。我知道，这不仅是她，也是很多人对于女销售的误解。我介绍站在身边做培训辅助的 M："这是我们团队业绩最好的姑娘，她过敏体质，滴酒不沾。"

J 好像放心了一点，隔了两秒接着小心试探地问："老师，那你酒量好吗？"

我看看 J，以及其他女孩紧张期待的神色，微笑说："我酒量好不好是个人行为，和工作没有关系。但是，假如在我的年龄和职级，还要靠酒量拼业绩，我觉得有点丢脸。如果大家愿意，我拖个堂，讲讲我们家门口王阿婆卖茶叶蛋的故事。"

她们立刻精神了。

王阿婆是个神奇的老太太，神奇得我都不愿意叫她"大妈"，恨不得喊一声"老师"。她与老公一起卖茶叶蛋和烧饼，每天只做五百个，下午四点半开卖，基本六点半就被排成长龙的顾客抢光，两个牛人做完收工绝不加班。茶叶蛋每个两块，烧饼每个一块五，摊位上只卖这两样东西，专业术语是"产品线"很单纯，可是，生意却好到要爆炸。

王阿婆不会发微博用微信，却网罗了几位小有名气的美食达人做网络传播，把她的茶叶蛋和烧饼推上"本地不可不吃的十个小吃"，这是媒介宣传；她和老公每天只出品五百个，远远满足不了顾客需求，那些排成长龙的顾客不仅自带广告效应，而且买到之后常常惊喜自拍发朋友圈儿，这是饥饿营销；王阿婆在全城开了六家店面连锁经营，这六家店面的所有者是个手上有大量小门面的富二代，他用门面租金入股了王阿婆的小生意，这是融资。资源与资本双投入，于是，王阿婆占据了城市人流量最密集的黄金地段。

还有，两块钱一个的茶叶蛋和一块五一个的烧饼，其实都算不得便宜，比同类产品至少贵了 25% 到 30%，可是，有几个顾客会在这样不起眼的小花费上计较五毛还是一块？所以，王阿婆生意虽小，利润空间却不小。

只是，生意这么好的王阿婆从来没想着要吞并这个城市所有茶叶蛋摊点做行业第一，每当我逗她："婆儿呀，你的实力再开十个店一点问题没有。"她就笑眯眯地说："那得花老大劲儿啊，我们现在一天忙几个钟头，回家轻轻松松打打小麻将，老两口带着女儿女婿，过得不要太滋润，何苦那么作践自己。"

这是有能力却不盲目扩张。这个女人了解自己的实力和目标，走再远都丢不了方向。不像很多人，走着走着，不仅忘了自己要去哪儿，连来自哪儿都记不清楚。

同样做小生意，我没见她揪心上火，苦情抓狂。她对顾客笑脸相迎，和气生财，但是，她有自己的规则：第一，每天每个店只卖五百个，你可以排队，但我绝不加班；第二，再熟的客，先付钱后拿东西，不预订不赊账，先来后到一视同仁。

她做的是买卖，并不准备把自己所有的时间、精力全部搭进去。

以上是我佩服这个老太太的地方。

女人真正的能力，不是屈从世界的规则，而是自己给世界制定原则，至少给自己的小世界定个规矩，让别人知道你的底线和禁忌，喜欢和放弃。如果脑子里没有这个规则，心里没有这个谱儿，就会沦为一个任外界揉捏的软柿子。

谁会发自内心尊重和钦佩一个软柿子呢？她那么软，那么容易迷失和屈从，谁不想做她的主，占几分便宜呢？

什么时候会有"潜规则"？

第一，身处一个充满"潜规则"的行业，正常的"规则"在这里行不通。有没有这样的行业？当然有，可是不多。

第二，个人没有按照规则行事的能力，无法用光明正大的方式解决问题，明的做不到，只好来暗的，"潜规则"就有了市场。

不想遵照"潜规则"，就要有自己的实力和原则，"潜规则"特别钟爱脸上写满欲望、骨子里却没有能力和勇气实施的人。

讲完王阿婆的故事，我笑嘻嘻地问："亲们，你们的实力和原则在哪儿？是酒量大，还是专业能力强？是可以无底线搭进二十四小时随叫随到，还是有自己的独门秘笈可以光明正大让客户点赞？"

那天，虽然拖了堂，新员工却一起鼓了掌。并非我讲得多精彩，而是大道至简，所谓的大道理，常常都是小事情。

在十几年的职场经历中，我绝大多数时间都是和女性共事，销售和很多其他行业一样，因为亲和力，女性进入门槛比男性低，更容易获得客户的信任和支持，但是，在这个行业做到高级岗位的却基本都是男性。

比如，女人爱做饭，可最好的厨师却大多是男人，厨神戈登拉姆齐就是个帅哥；女人爱穿衣服，可最顶尖的服装设计师也大多是男人，虽然香奈儿是永远的时装偶像，不过从纪梵希、迪奥先生到如今的王大仁，男性名单会更长一点。

很多时候，由于性别的柔滑，女人的职业壁垒比较低，能很快熟悉一项工作，可是，从熟练到卓越，却是一场残酷的淘汰，金字塔顶端的位置，大多被男性占据，不是性别歧视，抛开性别的差异，专注、坚持、对职业的敬意和原则性，都是重要原因。

没有几个男人觉得性别能够帮自己多大忙，可是，不少女人却觉得生活会为女性，尤其是年轻女性开绿灯。

可能吗？

口红只能帮助你打开局面，决定能否一路闯关的，只有对自我了解清晰的底牌的实力。

后来，这批新员工再也没有人问过女销售要不要喝酒拉单，她们既不抵触正常的商务就餐，也会对不合理的要求说"不"。当一个女人非常清楚自己的方向和定位，既有口红的柔和，也有底牌的规则，才是真正的职场分寸。

世界不是阳光灿烂鲜花盛放，也不是乌云密布天雷阵阵，它有明有暗，有起有落，如果你愿意从更长久的时间段来看，只有见得了光的种子，才会发芽长大，能够长期而良性存在的事物，大多是明亮的，犹如大多阴影，往往都是短暂的存在。

谁 能 够 拥 有 完 美 人 生

茶水间里的姑娘们热闹讨论：什么样的女人才能拥有完美人生？当她们看到我，一个鸡汤作者，难得闲着的时候，便围过来，要求我讲故事做论述——女人到底要怎样，才能成为全垒打的人生大赢家？

下面的故事，就是这么开始的。

从前，有两个姑娘，过着截然不同的生活。

其中一个，二十岁嫁给王子，那么年轻，面容美得像雕塑，在婚礼上，她穿着有七点六米的超长裙摆和蓬松廓型的塔夫绸婚纱，缓缓走进圣保罗大教堂，几乎是全世界女人羡慕的对象。

她第二年就生下王位继承人，不像日本那个倒霉的雅子王妃，总被全国人民关注什么时候生儿子。更顺利的是，结婚第三年她成为第二个王子的妈妈，给王位上了双保险。

她住在华丽的宫殿，二十四岁就出色完成了合格王后一生的使命：结婚、生子、出席各种仪式和活动；她光彩照人，每一件被她穿过的衣服都会成为新一季的流行；她借助于自己的知名度和影响力关注慈善，被看作真正的人道主义者，得到大众的尊敬。

看上去，她是个多么完美而走运的女人。

另外那个姑娘，就没那么幸运了。

她从小父母离异，过着沉默、羞涩的童年，在姐姐和弟弟之间当夹心饼干。

这个渴望爱与安全的巨蟹座女人，二十岁嫁给比自己大十三岁的一点也不英俊的男人。这男人不到四十岁就开始秃顶，可笑的是，这个秃顶老男人还不怎么爱她，他爱一个比自己妻子年长十四岁，比自己还大一岁的不漂亮的老女人。于是，这段婚姻里总是挤着三个人。

落寞中，她爱上别的男人，先后有过七个情人，她对每一个都投注了爱情，给他们写情书送礼物。可是，没有一个修成正果，他们中至少有两个把她的隐私卖给媒体，甚至无耻地说"给我十万英镑，告诉你发生的一切"。

她得过产后抑郁症、厌食症，难过的时候用小刀割自己的腿和胳膊自残。当她离婚后终于遇到可以结婚的人，她的生命却终结于1997年8月31日一场意外的车祸。那时，她只有三十六岁。

看上去，这是个多么遗憾和不幸的女人。

可是，这两个女人却是同一个人，她们的名字都叫戴安娜·斯宾塞，举世闻名的戴妃。

这两个版本的故事，传奇王妃和失婚妇女，哪个才是真实的生活，哪个才是真实的女人？不管你觉得两个故事的落差有多么巨大，可以确定的是，它们都没有撒谎，它们都展示了这个女人生活中不同的侧面，所以，什么样的人生才叫完美呢？

每个人都为这个世界留下了破绽。

"女神"，只是个向往性的称谓，毫无漏洞的完美女神几乎不存在于现实世界，一个看上去特别无憾的人，往往有两种可能：

第一，你跟她没熟到那个份上，不了解她的真实与无奈。

第二，她花了很多功夫矫正自己的缺憾，并且善于展示自我的长处，优点的光彩掩盖了弱点的阴影，呈现出没有漏洞的表象——对，是表象不是假象，不是所有好看的东西都是假的，更不是所有看上去完美的人都心存欺骗，常常是我们自己眼力不够，无法刺穿真相的外壳。

所以，你不觉得"人生大赢家"是个虚幻的词汇吗？怎样才叫赢家？赢到什么程度才算最终胜利，而不仅仅是阶段性成功？

女孩都羡慕没有漏洞的人生，可生活却是一台电脑，需要不断升级打怪。女人有必要活得那么严丝合缝完美无瑕吗？外表越接近圆满，越有人好奇这张漂亮的画皮下究竟隐藏着什么，特别想窥探华丽皮袍下藏着的那个不可告人的"秘密"。人性深处的善良能让陌生人之间产生温暖与互助；可是，人性内里的阴暗，同样让熟悉的人相杀相妒。

有一种关心，叫知道你过得好我就开心了；可是，还有一种关心，叫看到你过得不好我就放心了。

两种关心，都很真实，甚至，可以同时施用于同一个对象。

不同的眼光和角度，决定了不同的结论，而每个人，都在用自己的眼光解构别人的生活。

我第一次去巴黎，看到卢浮宫里那三个镇馆之宝的女神——维纳斯、胜利女神和蒙娜丽莎，解说员开玩笑说，这是三个残缺的女人：维纳斯断了胳膊，胜利女神连头都没有，至于神秘的蒙娜丽莎的微笑，更加众说纷纭，有人说她因丧子之痛连眉毛都脱落了，有人说她丧夫之后情绪抑郁，还有专家在她莫测的微笑里研究出患有面瘫和强迫性磨牙等多种疾病。

听到这儿，我就笑了，即便女神，都至少露了一个破绽给世界，何况我们这些凡俗的女人。

那么，究竟有没有完美的女神呢？

或许，一个有点小毛病的快乐女人，一个即便有遗憾却努力生活的女人，一个虽然冒着烟火气却踏实向前走的女人，才是真实而温暖的存在。

那张戴安娜在泰姬陵前的照片，是她最打动我的瞬间。照片拍摄于 1992 年 2 月 11 日，她在自己的婚姻里挣扎而痛苦，独自坐在泰姬陵前，红色的身影和白色的建筑反差强烈。她自己无奈的婚姻和泰姬陵背后动人的爱情故事对比鲜明。她脸上没有飞扬的神采，只有一个普通女人发自内心的落寞。

我们往往只看见了别人微笑的样子，却忘记了她们忧伤的时候。

讲完戴安娜两个版本的故事，我问姑娘们：你愿意用自己现在的生活交换哪个女人的人生呢？不能只换好的，生老病死爱恨离合统统都得交换。

　　她们沉默地散了，吃零食、喝咖啡、追剧、逛淘宝，该干什么干什么，谁也不愿意用自己现有的生活与别人交换，因为，谁也不知道那些"别人"的生活中究竟有什么。

扫一扫，收听有声版

再 好 的 香 水
也 斗 不 过 韭 菜 盒 子

　　M 是我曾经共事的一个女孩，准确地说，我是这个销售团队的负责人，而在 M 之前，我从来没有见过话这么少却业绩这么好的销售。

　　在人们普遍的印象中，一名销售，尤其一名女销售，一定外形漂亮舌灿莲花，左右逢源八面玲珑，但 M 不是。她的装扮温和得体，没有一丝侵略性，裸妆自然而精致，语速轻缓语调平稳，看不出一点急于签单的迫切。可就是这样一个斯文姑娘，却在整个团队中取得了最突出的业绩。对于分配的指标，她总是说"好的"，即便我知道那有点重；对于偶尔实在完不成的任务，她只是轻声抱歉"拖后腿了，争取后面补上"，而不是急切地辩解究竟什么原因导致的疏漏。

　　所以，每当核算月度、年度指标，只要 M 表情泰然，我就觉得心里有底。

　　五年来，不多话的 M 在两件事情上特别打动我。

　　销售部门难免因为业务划分产生矛盾，大客户给了谁、难度小的客户给了谁往往决定个人的业绩和收益。在这种核心问题上，任何人都寸土必争，尤其是界定模糊既可以分给 A 也可以分给 B 的领域，这样的争执总让团队负责人头疼。

有一天，部门最强势的销售向我告 M 的状——M 抢了她更早接触的客户，并且把单谈了下来。这个不依不饶的女孩在我办公室里用大嗓门描述她如何最早拿到客户信息却被 M 抄了近道。我看看她因为恼怒而稍微扭曲的脸，说："假如你更早联系客户，对方却没有对 M 说起，情愿把单给她，可能你更需要反省一下自己的工作方式。"

她立刻暴跳起来，要求和 M 当面对质。

虽然这种纷争我遇上过多次，可是，依旧棘手，谁不愿意和气生财团队团结呢？撕破脸总不漂亮。

我请 M 到办公室，当着两人的面说了事情的原委，中间的叙述若干次被强势姑娘打断并且补充。

我说完之后，M 思索片刻，对强势姑娘说："第一，客户从来没有跟我提起他接触过你，如果说了，我不会再跟单，这是我的原则。"然后，她转向我接着说："好在这个客户已经签单，计算入部门任务，没有因为内部抢单给客户留下不良印象影响合作。确保部门利益最大化是最重要的事，我尊重团队意见，相信其他同事也能服务好这个客户。"

M 一下解了我的围，并且主动给客户电话做好对接，强势姑娘满意离开，团队纷争顺利平息，客户融洽对接。

我心里却有些愧疚。

业绩突出的员工，往往脾气也很"突出"，能力强脾气好的人太罕见，M 的顾大局让我印象深刻，后来主动补了几个客户给她。

她既没有喜不自胜，也没有感天谢地，情绪平稳，工作努力。

长远来看，M 并没有因为丢了一个客户吃亏，强势姑娘也没有因为得了一个客户占便宜，她俩总体盈亏平衡。

很多时候，我们以为争了高下，实际上世界大体能量守恒，我们自己却被并不那么重要的事情打乱了节奏，影响了情绪，损伤了口碑。

后来，团队里另外一个女孩由于严重失职而调离岗位，公司分配 M 接手她原来的客户，她必须提供一份详细的交接清单。M 根据清单，从公司开了公函，花了半个月顺利完成客户过渡，丝毫没有影响团队业绩，甲方乙方都很满意。

客户方负责人一次散会后跟我开玩笑："虽然你们员工很优秀，但是，基础工作太粗糙，居然客户交接的时候把我名字和电话号码都写错了，M 还是拿着公函和我联系上的。"

我很诧异，交接资料和客户档案怎么可能把联系人姓名、职位这样的重要信息弄错？我把 M 叫到办公室。

"交接资料里所有的联系人姓名、电话、职位都是错的，我又查了客户资料库，里面的信息也是错的，我开了公函直接到客户公司，才找到真正的负责人和联系人。"M 很平静地说。

我立刻明白了怎么回事。

M 的前任不仅交了一份错误的交接清单，甚至留给公司的客户档案都是错的，无论出于泄愤还是藏私，她都做了一件有损职业规范的傻事。女人扎堆的地方，还真是《甄嬛传》看多了。

"我没有立刻告诉你，"M 接着说，"是因为明明一张公函就能搞定的工作，没有必要在不恰当的时候拎出来，引发更多矛盾。我准备过了这两天，建议你对所有客户资料做一次清理，请行政部门配合一起完善与盘点。"

那次，我们做了销售部最全面的客户资料整理，完善了精细而实用的客户管理与交接制度。

我再次对 M 刮目相看。

后来，我升职了。

M 是我的继任。

走时，我私人请她午餐。人之将走其言也真，我笑着问她：那些事情你真的一点都不介意和委屈？

她也笑：再好的香水也斗不过韭菜盒子，所以，香水从来不跟韭菜盒子斗。

我心里一动。

假如你仔细观察周边，会发现对于不少家伙，议论别人的成功仿佛自己已经成功；看到别人退步，比自己进步还高兴。

有多少人对你唱赞歌，就有多少人对你讲怪话。

从理论上说，真心欣赏你的人，和期盼你摔个大马趴的人，从总量上来看，很难分出上下。

所以，无论多么自持和自律的人，生活的轨道上都会留下一些遗憾和错谬，珍惜你的人会帮你修补，敌视你的人会给你放大。

所以，把精力放在完善自己，而不是在寻找别人的破绽，是件有意义得多的事。

我们的生活中总是既有香水，又有韭菜盒子。

正是因为再好的香水也斗不过韭菜盒子，所以，香水从来不和韭菜盒子斗。

韭菜盒子真正的劲敌是时间，时间久了，味儿就散了，何必猛喷香水呢？

高手过招，往往不是拼谁功力更强，而是比谁漏洞最少。

日常生活，走得最远的人，未必做了多么惊天动地的大事，而是没有把精力浪费在那些无关痛痒的小事，专注而快速地跑完自己的里程。

人最重要的状态不是争夺和获取，而是专注和笃定，就像兰德那首著名的诗里说：我和谁都不争，和谁争我都不屑。

份额不是争出来的，是生活根据每个人的实力公平分配的。

喷上香水走路，绕道韭菜盒子。

愿我们在生活和职场中都成为一支沉得住气的"沉香"。

过度规划未来这种病，你有吗

我身边有一些特别喜欢规划未来的女人。

比如朋友 A，她不仅给六岁的儿子展望人生安排岁月，还硬要拉着我一起展望。因为我认识一位著名的钢琴老师，A 想让老师听听儿子的演奏水准，最好能收儿子当学生。

A 满脸光彩地对我说：你知道吗，谁都说我的孩子是天才，有音乐天分。

我问"谁"包括哪些人。

A 说：所有的亲戚朋友啊。

我说：那也能信？

A 眼睛一翻：怎么不能信？！

A 是我很欣赏的一位朋友，为人热诚，做事踏实，里里外外都是一把张罗的好手。可是，她的死穴是孩子，她所有的理性与淡定遇上孩子立刻灰飞烟灭。她觉得自己孩子聪明漂亮未来无限可能，心有多大舞台就有多大，微信朋友圈十有八九都是晒娃，才六岁的孩子，已经规划到了结婚生子，还经常思考怎样与将来的儿媳妇搞好关系。

为了友情这些夸张我都忍了，坚持每天在微信里给她的儿子点赞。

所以，钢琴老师这件事我很慎重，反复叮咛老师一定口下留情，即便孩子资质平常也说两句好听的，老师脆生生拍着我的肩膀答应了：放心，我情商高会说话，来，快把这几本书给我签好名。

我乐颠颠地签名，终于放心。

演奏那天，孩子断断续续弹了首《小星星奏鸣曲》。

弹完，A满脸期待，说：怎么样，老师？我想让他跟你学琴，学一年就可以考级，他的未来我都规划好了。

老师表情复杂，我向她使劲递眼色，她斟酌了很久，说：其实呢，钢琴也就是个兴趣，随便弹弹算了，不用要求太高。

我心一沉，说好的情商呢，我用眼神送过去两道寒光。

A很不悦，大声说：所有人都说孩子有天分。

老师笑笑：是所有熟人都说吧，那是客气，反正不是自己家孩子，假话好听，真话伤人，别太上心。

我的心越沉越低，恨不得冲过去站在两人中间。

A压着脾气，继续说：你怎么能凭着一首曲子就断定孩子没有天分？太轻率了。

老师耸耸肩膀：我弹了四十年琴，见了无数个三岁以上的孩子和他们的家长，我知道天分是什么样子。另外，我也有孩子，我更知道当妈的对孩子是什么心情。

A已经不能保持礼貌，怒气冲冲抓起包，在门口叫住儿子，绝尘而去。

我下不了台地对老师说：刚才的话太直接了。

老师一边收拾琴谱一边答：开口之前我也纠结，你说对方是不错的朋友，我才讲了真话，而且是比较委婉的真话。更直接的是，这孩子既没有天分也不喜欢弹琴，此前的训练不成章法，纯粹是他妈妈逼出来的，进门第一眼我就看出来了，所以，家长不要白费功夫。

面对一个诚实的人，我也说不出客套的话。

她接着说：我带了这么多学生，他们绝大多数是妈妈陪着来，这些家长全身心扑在孩子身上不工作不社交完全没有自己，只忙着规划孩子的人生，可是，艺术既需要努力也有天赋之差，家长功利心太强，只是机械练习考级曲目，多少过了十级的孩子，乐理知识都很弱。甚至，你不觉得女人有个通病吗？过度规划未来，年底是发病高峰，自己的、老公的、孩子的未来都想在第二年有个飞跃，其实很多人只是想多了。

我怎么会不觉得呢？过度规划未来的女人，我见得太多。

有人问：我爱写作，怎样才能优雅地面对别人的掌声或者批评？我很好奇她被读者怎么虐过，需要这么困惑，问她：你写了多少文章？她说：还没开始写，等我想清楚这个问题再动笔。我说：你还是先动笔再想吧。

有人问：全职妈妈和职业女性哪个是更好的选择？我问她孩子多大，她说，刚结婚还没有孩子，但是这个问题要想明白才能要孩子。

我说：你还是先要孩子，至少当了半年以上妈妈，再考虑事业和家庭平衡的问题。

有人问：准备换新工作，万一这份工作也不适合自己怎么办？我问她目前觉得最适合自己的事情是什么，她说，还没发现，三年试了六份工作都不合适。我说，还是把一个职业先做满三年，再纠结什么合适。

有人问：怎样才能在大学毕业的时候找份好工作？我问她大几，她说大一，我说还是把大一的课程先上好，别整天想着找工作和实习。

她们叫起来：怎么能这样？人无远虑必有近忧，要好好规划未来啊。

我也笑：你们过度规划未来和过度思考人生都是病嘛，既不看手里的牌，也不看脚下的路，那不是展望未来，那是胡思乱想。

她们嘿嘿嘿地笑起来。

是的，姑娘们，我明白生活有诗和远方，可是更有踏踏实实的现在，甚至那些所谓的诗和远方，都是不起眼的"现在"铺就的，极少有人能英明神武地撑杆跳到对岸。明年的你，除非厚积薄发或者风云突变，否则，不会比今年好太多，也不会差太远，优秀和拙劣都是从量变积累到质变逐渐转化的过程，空想没有意义。

我二十四岁的时候问我妈：要是找不到一个好男人结婚怎么办？

我妈翻了我一眼：从前有个男的在路上捡了个鸡蛋，他想，把鸡蛋拿回去孵小鸡，鸡生蛋蛋生鸡地积累，很快就能有一笔钱，有钱就能结婚生孩子，唉，万一未来孩子不听话总淘气怎么办，那得打，怎么打呢？现在就要练习啊，于是，他从路边随手捡了根棍子开始练习揍孩子，一不小心敲到鸡蛋上，鸡蛋碎了，他的梦想、老婆、孩子全成了幻想。你这就是拿明天的棍子敲碎今天的鸡蛋，该干吗干吗去，人伤春悲秋过度规划最没劲儿了。明天的你遇到的问题不同，解决问题的能力也不同，把今天过好，明天不会差。

我成年以后，第一次觉得我们家老太太那么帅。

所以，我非常理解钢琴老师最终还是说了实话，即便当天我就发现自己被 A 拉黑了。

好在，她过了两个礼拜又把我从黑名单里放出来，再也不提孩子学琴的事，甚至，连晒儿子的微信都少了很多。

谁的生活，都是一个慢慢成熟的过程。

梦想海阔天空，行为脚踏实地，从掌控到放手，从紧绷到轻松，也是一场跟自己的较量。

对 于 幸 福 的 误 读

坚 持 自 我 是 件 奢 侈 品

几年前，我有两家经常光顾的私藏服装店，在同一条路上，相隔不过步行五分钟的距离。

一家店的老板是个学服装设计的高冷妹子，对人爱理不理，价格挺贵，时常见不到影子，留个同样话少的小姑娘看店，据说是家里亲戚，一脉相承高贵冷艳，很少主动招呼客人，只冷冰冰报个价格。店堂布置其实挺有特色，极简风性冷淡派，摒弃一切饱和色块，一进门就让人清心寡欲节制得不行，配上满屋子山本耀司风格的衣服，用料讲究、创意十足、剪裁巧妙而且十分实用。

平心而论，这家店很有特点，但是门可罗雀，我很为店能开多久担忧，要是关门了，我就少了一间可以挑衣服的私藏，这里即便贵点，也好过商场里很多国内外差异巨大、天价而莫名的品牌。有一次，我中奖般赶上老板在，作为买过几件衣服的老客，她也不太好意思完全扮冰雪皇后。我很小心地问，要不要适当做些活动或者宣传吸引更多的客人。

她扬着鲜艳欲滴的红指甲——这好像是她身上唯一的饱和色，斩钉截铁地回答：不，服装本来就是个性化的东西，吸引那么多不相关的人干吗。

听起来也对，不是有个词叫"饥饿营销"吗？可我总是隐隐觉得，"饥饿营销"是拥有足够多的支持者之后的择优选择，顾客基数不够再搞"饥饿营销"，结果就真的饿死了。

我也明白，每个文艺女青年心目中都有个服装店梦，或者咖啡馆梦，都是极度自我的梦想。但是，在我有限的经历中，那些生意好的看似个性十足的品牌或者店面，无一不是特色化商业运营的成功案例，离开可行性完全拼个性，往往死得很惨。

只是，这些道理，很多致力于"小而美"产业的女文青起初都听不进去，在她们心里，个性压倒一切，不性格毋宁死。

我忧心忡忡地走出这间店去街角的另一家，两家店简直就是南辕北辙的经典案例。

街角这家店一派活色生香的暖艳，冬天暖气开到最大，大到让人误以为夏日近在眼前，兴致勃勃采购春装新款；夏天冷气开到最足，足以卖出刚上市的秋装，还能预售掉产品杂志上的冬装新款。老板招牌一样穿着店里的衣服，熟稔地招呼顾客，问起家里的孩子或者狗，不过挑衣服得预约，理由是同一时间接待太多的顾客影响服务质量。

这家店的衣服不见得多有个性，很多非常大众的款式，甚至个别服装称得上俗艳，看上去根本卖不掉的样子，所以，我对老板最大的好奇心是：那些看上去卖不掉的衣服最终都到哪儿去了？

某个顾客稀少的下午，我挨到店里最终只剩下我一个客人，指着衣架上我不喜欢的衣服问她："这些衣服谁会买呢？一点都不好看。"

老板微笑："当然有人买啦，你不喜欢不代表别人不喜欢。卖衣服的大忌是自以为是地卖自己喜欢的款式，不考虑顾客的需求。我又不是川久保玲或者王大仁，随便披块布都有人买账觉得时尚，没有那个资本不能随便讲自我。"

我瞥了眼她的桌子，上面放了本帕科·昂德希尔的《顾客为什么购买》，这本零售业的圣经我自己看是因为在媒体负责商业广告运营，我第一次见到一家不大的服装店店主愿意花这么大心思研究购买心理学。而这些年，我身边很多朴素的人，给了我很多朴素的惊喜和钦佩。

我忍不住问："难道衣服不是非常自我的选择吗？"

她一边整理衣架，一边慢悠悠地答："衣服和人一样，既要有敢做自己的胆量，更要有能做自己的资本。不是你觉得自己有个性就有个性，要世界承认你有性格才真是有性格，不然，自我给谁看呢？没有坚持自我的资本，就老老实实做家普通店，卖点大路货，逼格不是装出来的，得真有实力才行。至少现在，我卖不了那么有个性的衣服，这是我开倒了一家店之后的心声，不想我第二间店也倒掉。"

三十多岁的老板，原来二十来岁也开过一家只卖自己喜欢的服装店，很不幸地倒闭了。现在这个，是她深思熟虑之后的第二家店，生意红火。

她接着说："你看，女人做生意和做人一样，从前总觉得想做什么就做什么才是自由，现在我觉得想不做什么就不做什么，才是真正的自由，比如我想不卖衣服就不卖衣服才算有底气，我有吗？我没有，所以我不能由着自己性子来，得按照顾客的需求来。我这样想了，这样做了，生意自然好了。"

坦率地说，我很清楚对于女性来说，自我与自由都是奢侈品，非常昂贵，需要强大的资本后盾与心理建设，如果没有，量力而行做个普通女人，踏踏实实料理力所能及的事情，不装逼摆酷，是难得的自知之明。

就像这家店的老板，很清楚自己的实力，以及顾客定位和喜好，到了一定年纪，不再不切实际地任性，生活得惬意自如。

而安稳的普通女人，可能意味着要卖自己并不喜欢的衣服，忍受不热爱的工作，忍耐矛盾重重的婚姻，有些无法脱俗的趣味，不能想走就走地旅行，很多普通人，包括我自己，都想着怎么打破现状，做个更好的自我，只是破局既需要勇气更需要资本。世界上有太多和我们一样的普通人，希望在平凡的框架里做出不凡的改变，希望赋予"自我"更多耀眼的光环，只有胆量，没有资本，越是努力折腾，越是杀伤力大。

既要有敢做自己的胆量，更要有能做自己的资本，的确是女性生活平顺的哲学。

后来，高冷妹子的店开不下去，转让给暖艳老板，成了她更加红火的第三家店。

或许，就像笛安说的，从一开始以为这个世界上只有自己，到明白自己的天赋其实只够做个不错的普通女人，然后我们就长大了。

有多少熟人，
值得成为闺蜜

前段时间我被拖出去参加一个饭局，还是我最怕的那种，巨大的圆桌上散落着十几个人，有一半都不认识，说话的范围只能局限在自己左右。要越过他人攀谈，基本靠喊；要看清对面客人的表情，基本靠猜；要想让一个话题不掉到地上摔碎，基本靠客气。

这种应酬式的场合让我很忐忑，既怕招呼不周怠慢别人，又怕交浅言深看上去犯傻——三十岁以后的女人，在公开场合宁可沉默一点，不明就里的人觉得那是低调的奢华，如果不得体的话说多了，就会像当众喝醉酒一样失态。

只是，饭吃饱了又不能立即散场，大家觉得必须说点什么才能活跃气氛，于是，开始寻找彼此的交集，最终，话题落到一位共同的熟人身上。

饭桌上你一言我一语，补充着这位姑娘的资料，家庭背景、教育经历、恋爱婚姻、工作情况。随着话题的深入，氛围逐渐热络，尺度也越来越大，在我渐渐意识到不便再往下继续聊天的时候，我身边一直沉默的 M 女士开口了："大家现在谈论的这个人是我闺蜜，多年好友，我不希望自己的闺蜜被拿在饭桌上说事，这个话题到此为止吧。"

她的语气坚定毋庸置疑，闲聊戛然而止，众人讪讪地继续说了些无关紧要的闲话，便草草散场各自离去，因为顺路，我搭了 M 的车。

路上，我打破沉默很佩服地说："很多人都遇到过这种谈论自己闺蜜的场合，大多数人能保持沉默已经算是支持了，直接打断话题维护好友真是挺义气的。"

M 握着方向盘轻轻扫了我一眼："你确定你说的那种处理方式是对闺蜜的立场，而不是对熟人的态度？我有很多熟人，但只有几个闺蜜，闺蜜和朋友可不是一个概念，她们是我最信任的女友，值得用各种方式维护。"

在"闺蜜"这个词变得有点像"美女"一样跌破发行价的时候，M 让我心里一动：值得成为闺蜜的人，一定是那个明里暗里不遗余力维护你的女人。

经过很多年的观察，我有点失落地发现，真正的友情，似乎只有两个产生基础：情趣相投，或者，身家相当。

前者有点像默契的会心一笑，后者则类似共赢的互帮互助。

而那些在工作中打交道的人，彼此间存在的未必是友情，更多是工作关系；那些因为某种原因在一个时期内频繁接触的人，并不一定是朋友，只是人情粘贴成的熟人。

真正的友情和爱情类似，经得住时间、距离、环境的考验。而闺蜜是女人和女人之间质感最高的友情，它的基础也和爱情一样，是忠诚，是任何情况下都会坚定站在你身边的力挺者。

我曾经以为善于袒露心扉是结交闺蜜的基础。见识过很多次热络与荒凉的切换之后，渐渐发现，一个很容易打开心门谈论自己的人，往往也不太把别人的隐私当回事——对待自己都如此草率，怎么会慎重地对待别人呢？

有一段时间我也觉得明星八卦是个无害的开场，后来才慢慢察觉，特别爱谈明星八卦的人，往往也热衷身边人的是非。远处的明星动态总有聊完的时候，为了不冷场，身边的"闺蜜"就是最好的谈资。

真正合格的闺蜜，不是"代言人"，她知道什么时候把话语权留给对方；不是茶会活跃分子，她懂得言多必失，会适当保持沉默；不是社交明星，她没有精力周全所有人，却愿意在你身上花心思。

女人的友情，既伟大又可怕，既温暖又糟心。我们可以有很多熟人，真正的闺蜜却屈指可数，她们像沙发上软软的靠垫，不必华丽，却随时是我们的依靠，柔软、沉默、温厚，在背后温柔地支撑。

莫泊桑最著名的小说《项链》描述了一个唏嘘而乌龙的故事。

年轻美貌的马蒂尔德由于缺少优渥出身，只能失落地嫁给小职员，过着拮据粗糙的生活。

有一天，丈夫费尽心力获得教育部部长等大人物都会出席的盛大舞会请柬，两人掷重金精心准备衣装，对于这对小夫妻，一件体面的衣服日子紧紧就能置办，一套耀眼的珠宝却不能瞬时拥有。于是，马蒂尔德想到自己女校读书时的富有闺蜜约翰妮，开口向她借珠宝。

慷慨的约翰妮打开首饰箱，请女友随意挑选，马蒂尔德选了一条昂贵的钻石项链。舞会上，她穿着唯一的华服，戴着借来的项链颠倒众生，收获青睐无数。回到家里，当她站在镜子前得意欣赏如此完美的自己时，却发现项链不翼而飞。

意外丢失的项链瞬间把夫妻俩的生活打入谷底。他们没有实话实说项链的遗失，而是借高利贷凑齐三万六千法郎买了一串几乎相同的钻石项链还给约翰妮，然后付出人生最黄金的十年偿还欠债。

债务还清后，十年未见的马蒂尔德与约翰妮偶遇，马蒂尔德如释重负坦白了项链的故事，却被约翰妮告知，当年那串项链是假的，最多只值五百法郎。

很久以来，这篇小说都被当作暗讽人性虚荣的故事。现在，我尝试把它解读成关于女性友情的寓言：

首先，不要向朋友要求超越你们关系厚度的帮助。比如马蒂尔德，她分明知道自己和约翰妮的交情不够借出三万六千法郎的项链，却依旧开了口，所以，一旦出现意外，她便无法妥善收场。

其次，真正的朋友不会令你压力巨大到靠隐瞒和粉饰维系友情，她们值得坦诚相告，共同面对和解决问题，虚假繁荣的交情，不堪一击。

最后，闺蜜不会让你从她的生活中凭空消失十年，即便无法常常见面，她们也会关注你的行踪动向。长久失联的故人，有时连"熟人"都算不上。

生 活 里 没 有 自 以 为 是 的 裁 判

曾经有段时间，我特别爱吃纸杯蛋糕，朋友推荐了一家小小的烘焙店，据说可以做出这个城市最好吃的纸杯蛋糕，店主是位单亲妈妈，独自带着五岁左右的小姑娘。店面很小，隐藏在一条马路郁郁葱葱的行道树背后，却也不难找，离店十米开外，便能闻到沁人心脾的甜蜜香气。

于是，我经常刻意从那儿经过，一杯红茶两只蛋糕一本书，度过难得清静的三十分钟，再力所能及地带些早餐包，继续走入匆匆的生活。

我很想多买点，或者办张消费卡，因为朋友告诉我，带着孩子的单亲妈妈生活不易。我知道自己力量微小，却依旧希望能够为她们做点什么。

可是，店主不仅不办任何形式的储值卡，甚至顾客稍稍多买点，都要礼貌提醒是否能吃完别浪费。

老顾客当久了，我们常常聊几句。

有一天，我进门时她正在看书，皮埃尔·爱马（Pierre Herme）的英文版美貌烘焙书籍。这个甜点界的毕加索，能够做出甜品圈的爱马仕，在世界上只开了三家店，两家在法国，一家在日本，吸引大饕们打着"飞的"漂洋过海去做一场舌尖上的旅行。

我们点头招呼，她端过红茶和蛋糕。此时，我意外接到一个不太愉快的电话。

某位女友纠结要不要离婚，即便不熟也来电咨询我这样写过几篇情感文章的作者。其实我特别不擅长劝慰或者出主意，我习惯于独立判断和解决，大多数人对自己的事情都很混沌，又何来余力搞定别人的难题。

店面很小，当时只有我一个客人，以至于店主想回避都不容易，气氛稍显尴尬。

结束电话，她过来给我桌上的茶杯添红茶。

突然，她微笑着对我说："婚姻不代表幸福，离婚也不意味着不幸。即便有子女的家庭，对孩子来说，平静的残缺，也好过暴烈的完整。"

怎么形容当时的感受呢？我瞬间石化，觉得自己根本不是个写字的人，不然，我怎么说不出这么精彩的语句？

她坐下来和我聊天，我才知道她的故事。

孩子爸爸比她大十二岁，当年人人都羡慕她找到贴心大叔，可以节省至少十五年奋斗时光。可是，凡事都是双刃剑，比如，享受了大叔的优渥经济，就要接受他们的保守思维，以及对未来不再有憧憬和冲劲；被老男人照料呵护的同时，也要承受他们大男子主义的霸道；

享用双方年龄差带来的忠诚红利，也要面对岁数过大的公婆难以沟通融合的现实亏空。

实际上，我们收获的每一项福利都是用生活中其他的内容去交换的，这个表面美满排场的家庭，就像一件老旧磨损的名牌衣服，拉不下面子的人，必定舍不得丢弃。

矛盾在女儿出生后空前尖锐，小到什么时候吃辅食、穿多少衣服，大到怎样与保姆共处、上什么幼儿园，家里人之间永远有分歧，微小的火苗，都会点燃不和的火药桶。

在烦嚣的氛围中，女儿内向拘谨话特别少，敏感的孩子感受得出家里任何风吹草动。

"如果放弃自我从此不再有任何观点，我还可以貌似优渥地过下去。可是，我总觉得女人活着，不仅仅为了食物、照料、安稳、男人、孩子，她首先是自己，然后才是别的社会角色，一个做不了自己的女人，更无法与他人愉悦共处。"

她看着自己精挑细选的瓷质茶杯里酽酽的红茶，小声而坚定地说。

离婚后，她独自带着上幼儿园的孩子，与婚后便很少来往的父母同住。这不是个完整的家庭，却是个平静而没有纷争的家庭，孩子不会半夜听见争吵而紧张不安，夫妻不会为了未来的规划分歧冷战。她也开始把烘焙的爱好变成职业——在从前的婚姻里，这些都是不可能的，过去的体面家庭不能容忍自食其力开小店的媳妇，也不想支持独立自主做事业的孩子妈妈，他们需要听话耐劳的乖巧妹子，并且愿意为此提供家庭女主人的岗位。

这没有什么不好，只是选择不同，而这种选择，不是她想要的。

　　我打量她开了一年多的店，一切井井有条，微信营销做得很好，上下班时段生意红火，定制蛋糕、月饼、麻薯的季节性业务也有不少老客，这是一个小而美的烘焙店。

　　说实话，我猜得出背后的辛苦，但是，更看好这个英语专业毕业做过培训老师的单亲妈妈，在她身上我察觉不出丝毫需要怜悯的气息，相反，却看到一个享受新生活的充实女子。

　　我为自己办张卡帮忙的心思不好意思，我相信，到这里吃蛋糕喝红茶的人们，肯定不是出于同情，而是很愉快能吃到美味的食物，看到一个经历过波折却依旧平和纯粹的女子，以及她不再拘谨内向的女儿。

　　在这个特别嘈杂的世界，我们被各种声音、意见、观点争抢占领思维，忙着做判断下结论，忙着给幸福和成功找一个标杆。只是，生活如此深邃，人性如此复杂，美满的标准果真只有一个吗？正确的道路难道只有一条吗？不走寻常路的人一定是不幸和错误的吗？

　　我们不能自以为是地假设自己和别人的幸福与悲戚，因为擦拭在真丝手帕上的眼泪和滴答在餐巾纸上的眼泪是一样的，也因为我们在乎并且看重的东西不一定是别人所在乎并且看重的。

　　草有草的荣枯，花有花的开放与凋谢，每个独特的人，都有不被外人理解的独特悲喜。

　　表面和乐的不一定是真幸福，貌似悲悯的也不一定是真痛苦，坐在豪华餐厅吃美味珍馐的不见得都大富大贵，在幽僻角落独自行走的，也不见得心中落寞，追求不同而已。

生活里没有自以为是的裁判，只有心胸广博的体验家。

 扫一扫，收听有声版

什 么 样 的 女 人
能 够 击 垮 别 人 的 婚 姻

　　我写过一篇名叫《别人的婚姻里没有你的幸福》的文章，有人在这篇文章后面留言：写这种文字的人不会理解第三者的难受，我爱上了一个已婚男人，痛苦和幸福切换得像过山车。如果你真的能够换位思考，不要说大道理。我不想听没有用的废话，我只想问问你，究竟怎样才能和他在一起？

　　情感是个非常严谨和严肃的话题，没有足够的事实论据，没有充分的共情能力，很难给出答案。于是，我向团队布置了这个选题：究竟什么样的女人能够击垮别人的婚姻？

　　要求姑娘们抛却偏见，以做毕业论文的耐心和中肯搜集资料，尽量给出相对客观的建议，以下是我们几次讨论会的观点总结。

　　在情感和婚姻的疆域，如果说妻子打的是防御战——高筑墙、广积粮、占有根据地、抗击可能的来犯之敌，那么第三者打的就是进攻战——排兵布阵，千方百计把自己的红旗插到对方阵地上。

　　双方都希望投入最小战果最大。单纯从难度上说，防御战比进攻战好打，可是，在生活里被无数人愤怒声讨的婚外恋，在文艺作品里大多感天动地可歌可泣；而现实中温馨恒久的爱情，在书本和电影里常常像一条夏天的秋裤，过气而无精打采。

很多所谓的美都是铤而走险，需要非同常人的勇气、思路和执行力，没有金刚钻，别揽瓷器活。

首先，我们来看成功概率最高，也是最稀少的品类：真爱型第三者。第三者的阵营里也发展出了后来的模范伴侣，比如顾正秋和任显群。

京剧名伶顾正秋被称为"小梅兰芳"，十岁学戏，十一岁便登台唱重头，盛年时唱过两次一到十的十出戏：《一匹布》《二美夺夫》《三岔口》《四郎探母》《五台山》《六月雪》《七子八婿》《八珍汤》《九花洞》《十美跑车》，称作"十全十美"，整场约四五个小时，每次演出鲜花掌声礼物无数，身边还有一位显赫的追求者，"太子"蒋经国。

只是，顾正秋不为所动，她心里装满了别人——台湾财政厅长任显群。

任显群兼任台湾银行董事长，发行新台币制止通货膨胀，首创爱国奖券及统一发票制度，并且在国立台湾大学法学院设财经人员训练班，被称为台湾统一发票之父，对于安定台湾经济有很大贡献。

但是，他已婚，妻子是大家闺秀章筠倩，笃信天主教，离婚违背教义。

这样的两个人，"在一起"的难度太大，不仅意味着与原配分离，也是与自己当权的上司翻脸，周围一片制止，劝说两人分开。

可是，两人依旧在 1953 年 10 月 10 日结婚。

婚后，顾正秋洗尽铅华不再登台，任显群却因莫须有的罪名被判了七年刑，抓捕入狱，当然，明眼人都知道他真正的罪名在何处。

任显群入狱期间顾正秋每天只在为他送饭时出门，其余时间种菜浇花过着半隐居生活，即便被蒋经国抓到饭桌上，也是一言不发，久而久之，"太子"逐渐失去了打扰她的兴趣。

任显群出狱后，不想再生事端，索性与顾正秋一起逃到金山农场，离开政界，转战商海，开拓金山农场、中信百货公司，并在台北仁爱路建造了"仁爱大厦"。

两人的小女儿任祥是公认的才女，也是国际知名建筑师姚仁喜的妻子，因为担心接收西方教育的孩子会遗忘中华文化，她花了七年时间写下二十七万字的温柔叮咛，编辑成著名的读本《传家》，在她的笔下，父母和乐恩爱，家庭其乐融融。

1975 年，任显群去世，在美国归葬笃信天主教的原配章筠倩身边。

局外人无法评判，这究竟是妥协，还是愧疚。

至少，任显群没有像一般男人那样，见到上司蒋经国喜欢顾正秋就放弃自己心仪的女子；顾正秋也没有因为被自己连累的爱人处于人生低谷就放弃爱情，两人共同努力刷新了一次传奇。

最不可能在一起的人都在一起了，那些没有在一起的爱情，或许是天意，但更多恐怕是人性中的不能舍弃。

廖一梅在话剧《柔软》中曾说：人生在世，遇见爱，遇见性都不稀罕，稀罕的是遇见了解。

还有一句谚语：真爱犹如鬼魅，众口相传，然目击者鲜矣。

如果婚外恋是疾病，真爱就是绝症，它的摧枯拉朽从来不以外在条件为出发点，就像任显群的原配章筠倩，出身名门，高中即与他相爱，识大体顾大局，可是，这一切都在任显群遇见顾正秋之后褪色，并非没有情与义，只能说或许顾正秋才是任显群的所谓真爱，这两个人更和谐。爱，再加上勇气，以及外界的阻力，像原子弹一样有爆炸力。

好在，真爱这种绝症，发病率极低，不是所有的苟且都是爱情，不是所有的第三者都是顾正秋，更不是所有的男人都是任显群，值得一个女人倾尽所有去相伴。

更多的概率是，多少姑娘以为的"真爱"并不势如破竹，如闪电战般攻城略地，而是像得了慢性病，痛苦撕扯，纠结牵连。有时，原来的婚姻看上去行将就木，第三者胜利在即，一不留神妻子又借助亲友和孩子绝地反击；有时，第三者万念俱灰准备放手，架不住男人再次给出希望的星星之火，继续在情感的战场上角逐。

这种耗尽体力和精力的纠缠，才是生活中最常见的婚外情。流泪型第三者和糟心的妻子，打的都是持久战。

缺乏耐心的女人，不可能击垮别人的婚姻。

可是，为什么要打持久战？

人类在本质上是利益动物，妻子和第三者之间没有压倒性差异，无法让男人下定选择的决心。他左右为难、无法割舍、反复比较，两个女人的分量在他心里此消彼长，常常不是男人做了选择，而是女人觉得无趣，自己做了了断。

台湾著名出版人、皇冠杂志社和出版社的创办人平鑫涛先后有两位著名的太太，林婉珍和琼瑶。

结发妻子林婉珍比他小三岁，家里是富裕的纺织商，1964 年毕业于"国立"师大人教研究中心，从事水墨创作数十年，工于花卉翎毛鳞介。我曾经看过她一幅名为《五福临门》的国画，运笔酣畅，既有苍劲又有细巧，画风灵秀飘逸自成一派。

林婉珍的画作曾获亚太地区第二届金狮艺文奖，被台北"国父纪念馆"、台湾艺术教育馆、淡江大学文锱艺术中心等文化机构收藏，也受不少收藏家青睐。她本人还担任北京奥林匹克书画院荣誉院长。

从任何角度看，这都是一位才貌兼修的妻子，和传说中糟糠的原配完全不同。

而琼瑶，她的父亲陈致平先后任教于光华大学、同济大学、台湾师范大学、辅仁大学等著名高校，母亲袁行恕是台北市立建国中学国文教师。琼瑶的曾外祖父是翰林，外祖父袁励衡是民国时期著名银行家、交通银行创办人之一，小姨袁静是作家，大姨袁晓园是中国第一位女外交官暨女税务官。琼瑶还是金庸的远亲，金庸的堂姐查良敏嫁给了琼瑶的三舅袁行云。

这是一个教养良好的书香世家。

从 1963 年发表第一部小说《窗外》开始，琼瑶一生创作中短篇小说超过六十部，几乎每本都被改编成了影视作品。这些广泛流传的文字和影像不仅影响了一个时代女性的爱情观，更开创了言情小说的新时代。

抛却义愤，她也绝不是普通意义上的第三者，她有自己的事业、眼界和独立的人格。

这样三个出色的人，纠缠了十六年。

从 1963 年琼瑶与平鑫涛因《窗外》相识，到 1979 年两人结婚，平鑫涛五十二岁，林婉珍四十九岁，琼瑶四十一岁，连双方的子女，都已是成年人。

耐人寻味的是，在被外界称为"第三者始祖"时，琼瑶没好气地说："不管第三者、小四都没关系，我没把自己放在那上面，婚姻出现第三者，归咎在男人。"一旁的平鑫涛只好回应："我可以接受，感情这件事情不得已。"

仅仅是感情这件事情不得已吗？情感领域的真相是：不要站在女人爱情的对立面，不要站在男人事业的对立面。

平鑫涛成为琼瑶的出版人和经纪人之后，为她铺就了事业黄金期。琼瑶的小说也成为皇冠出版社的台柱，她还把家庭组织成一支团队，儿媳何琇琼是琼瑶艺人经纪公司总经理，儿子陈维中也是团队重要的管理者。这个家庭，是影视圈召之即来来之能战战之能胜的优质军团。

在漫长的岁月里，占了上风的并不只是爱情，而是合作后的家庭利益决定了婚姻天平的倾向。

可是，十六年，谁敢把自己人生中的十六年押在一段看不见未来的所谓爱情中？

林青霞爱了秦汉十八年依旧分手；赵四小姐等了张学良三十六年才在五十一岁换来妻子的名分。按照一万小时定律，这些时间足够一个女人成为任何领域的专家，这些最美好的光阴却用来为一个男人纠结与迟疑的爱情买单，你确定自己在未来的某个被生活琐事缠绕头疼的下午不会后悔？

能打持久战的人，不仅是耐心，更有才艺和必胜的决心，否则，持久战成了消耗战，拖到最后，爱情和婚姻都像烂尾楼一样千疮百孔。

最后一类能够摧毁别人婚姻的第三者，特别值得思索，她们是全方位比妻子出色的优选型选手，在婚姻的战场上以绝对优势胜出，比如蒋介石和宋美龄。

1927 年 9 月 28 日、29 日和 30 日，发行量最大的上海《申报》连续三天刊登了题为"蒋中正启事"的单身申明："毛氏发妻，早经仳离；姚陈二妾，本无契约。"除了媒妁之言的原配妻子毛福梅，他还遣散了"真爱"陈洁如，共同生活十来年的姚冶诚，没有半点犹豫地娶了宋美龄——一个跨越了三个世纪一百○六年历史的传奇女性。《时代周刊》评价她是"钢铁塑成的花朵"，《泰晤士报》称她"狂野的天鹅"，她有与生俱来的聪明、美丽和手腕，加上第一家族的强力后援与美国背景，使她在权力、财力与魅力的交织中，成为近代中国最有争议与影响力的女性。这样的前景，蒋介石的慧眼，怎么会看不出来？

约翰尼·德普说过一句很有趣的话，如果你同时爱上了两个人，选第二个，因为假如真的喜欢第一个，便不可能再爱上第二个。

平凡的日子里，大多数人对自己的生活打七十分，真正的动摇，是遇见自以为九十分的人。

那个九十分的人，往往不用开口，不用她绞尽脑汁地盘算，生活就为她让路了。

一篇文章很难说透彻一件事。

办公室的"90后"姑娘做完选题后感慨：这是我做过的最三观不正的选题，可是做完了我突然变成三观特别正的人，费了那么大功夫，等了那么长时间，绝大多数女孩都值得拥有一份光明正大的爱情啊，用不着在别人的婚姻里寻找自己的幸福。

我拍拍她。

二十岁的时候，我有过很多脑洞大开不计后果的念头；三十岁，在理解了生活的困顿和不得已之后逐渐平和；三十五岁之后，我甚至成为一个自己在二十岁时会特别鄙视的挺土的三观蛮正的人，不是因为堂皇的大道理，而是年纪渐长精力有限，看到更广阔的世界之后觉得好东西太多生命太短，必须把元气放在更有意思和收获的事情上，用自己最美好的时光，去搏一场很可能灰飞烟灭声名扫地的爱情，对绝大多数普通女孩来说，性价比不高。

那些能拆散的婚姻，最大的特质是原先的平衡被打乱，夫妻心理上的距离越来越远，而离婚重组的成本又不高。

婚姻起初或许始于爱情，但维系的基础并不仅是爱情，更多其他因素支撑着夫妻关系：子女、利益共同体、亲友关联网、社会影响力等等。除了"真爱型"第三者，其他成功的第三者，不过是遇上了拆散成本相对较低的夫妻。

子女心特别重的男人，情人的脸孔再美丽，也比不上孩子的眼泪令人怜惜；事业心非常强的男人，温柔乡再暖，也敌不过办公室的吸引力；极其孝顺的男人，父母的一次血压升高，就足以打消他们变更婚姻合伙人的念头；懒得麻烦的男人，其实早已在心底认定，娶谁都一样，在婚外透透气，是为了回家好好过日子。

这些，才是生活真正的成本，才是构筑婚姻的安全网，才是决定了一段婚姻能否被拆散的基础。

妻子维护自己婚姻的方式不是去和第三者作战，而是建立最牢固的家庭基础；第三者击垮别人的婚姻，不是因为战胜了别人的妻子，而是摧毁了原本就不牢固的家庭根基。

两个女人费了这么大劲儿，前提至少得是，那个男人值得。

他果真值得吗？

我把我们的调研结果发给留言的女孩，大约两个月后，收到了她的回复：

已经摆脱了那段感情，因为不值得。

绝大多数人拥有的不是梦想，
而是梦幻

2015 年从年初开始大约有五个月时间，我都在参与一档综艺节目的拍摄，每个月抽一周，封闭式完成拍片进度，也是在那段日子，我认识了化妆师 Lucy。

她皮肤白得亮眼，并且，勤奋得无处不在。化妆师们通常都有分工，如果负责早起化妆，当天就不再跟妆补妆，更不会兼顾服装配饰，但她不同。我经常早晨被她化妆，下午看到她出现在片场跟妆，晚上又笑眯眯地到房间帮我试第二天的服装。尤其让我欣赏的是，她是个非常得体的姑娘，不多话不八卦，工作爽利，预热了一个月，我们逐渐交流多起来。

一天早晨，她照例五点半来到我房间化妆，打开自己一尘不染的粉红色化妆箱，整排码得整整齐齐的各种色号粉饼、散粉、眼影、腮红、口红，林立的化妆刷，还有吊着 Hello Kitty（凯蒂猫）挂坠的睫毛夹，每一件都干净整洁，我们开始妆前打底。

"老师，以后织布面膜要躺着贴。"她小声提醒我。

我吃惊她怎么知道我习惯早上一边贴面膜一边工作。她娴熟地边化边说："你的皮肤含水量充分，但线条有点向下走，说明有不良习惯。织布面膜不要站着贴，地心引力向下拉，时间久了面部轮廓会下垂。好在：你很轻微，来得及纠正。"

从此，我养成躺着贴面膜的新习惯，效果来得快而且惊喜。

并且，我和 Lucy 成为亲近的朋友。她告诉我很多护肤与彩妆的专业知识，跟我解释"异硬脂酸""丙二醇""山梨坦油酸酯"这些奇特的名称究竟对应什么成分和功效，和我一起寻找最适合的彩妆与服装颜色，教我画高难度的内眼线，甚至独立贴假睫毛。

在 Lucy 一对一的培训中我进步神速，两个月里配置了和她几乎同样专业的装备，自以为可以出师了。于是，有一天早晨，为了减轻她的工作量也为了炫技，在她五点半来到我房间之前，我自己化完妆，得意地问她："怎么样？和你化的有什么区别？"

她默默地端详了一会儿，龇牙笑起来："你知道吗，改一个看上去不错而实际上很烂的妆，比重新化一个费事得多，我和你最大的不同是精细度和专业性。"

她摆好装备开始修理我的脸。

"老师，你每天花多久写文章？"

"至少三小时，但我其他工作也是和写作相关。"

"我原本在纽约学法律，因为喜欢、梦想成为化妆师所以转到化妆设计学院，回国后准备开工作室。但是，我觉得自己实践经验不够，接了各种工作单锻炼，综艺节目、剧组、宴会。我到这里是因为这档节目的导师是化妆界大神，我想观摩偷师。所以，就像我写不出你的文章一样，你也不可能在两个月时间里化出我研究了两年的妆，你之所以这么自信，是觉得别人的工作太简单，而世界上没有简单的工作，只有外行的误解。"

她利落地在我脸上涂涂刷刷："你知道今天外景多，风力五级以上要用超强定型发胶吗？你知道哪个牌子的发胶能把头发定得七级风都吹不散吗？你知道自己要换蓝色和橙色两套不同色系的衣服，什么颜色改妆最方便吗？"

我确实不知道。

"你了解古装剧和现代剧打光不同怎样选择底妆的色号吗？我化过一个白领电视剧，为了表达不同职业、级别、年龄的女人各自的妆感和性格，在地铁、写字楼、咖啡厅观察了一个月，眉毛的形状、眼影的颜色略微调整，就是完全不同的人物性格。这些，都不是你两个月能搞定的。捷径和技巧确实有那么一点点，可是，最大的捷径永远是：无他，唯手熟尔。"

我看着镜子里的自己被改得说不出哪里更好，却越来越顺眼，默默佩服这个厉害的"90后"。她一下看穿了我表面的尊重心底的轻慢，毫不留情直接戳穿。她让我更加清楚，任何看上去简单的小技巧实际都是精心钻研出的大学问，从而对专业心怀更多尊敬。

从此，我更加关注 Lucy。

这是个家境与家教都非常好的姑娘，父母有足够能力满足她的愿望，可是，为了化妆师的梦想，她宁愿坐普通座位住标准间拿每天一百八十块钱最低的助理工资做全工种积累经验。她对我说过最多的是"梦想"——一个我本来觉得挺可笑的词，而她让我觉得不是"梦想"可笑，是一些可笑的行为把"梦想"的门槛拉低成了"梦幻"。

我见过很多梦想开服装店的女孩，却不了解衣服的材质裁剪、房屋租金、客流结构，以为凭借好"眼光"就能卖出爆款。

我也收到过想当作家的姑娘的投稿，通篇自己的感悟感慨并不考虑阅读者体验，觉得有"才气"就能获得十万以上的点击量。

还有想做"书吧"这种小而美创业项目的女孩，实际上对成本控制一窍不通。而"淘宝店主"和"代购"更是女性梦想的重灾区，多少人觉得"买买买"经验丰富的人，都有能力指导别人去买，都有资历把爱好变成职业，现实却是只有不到 3% 的店主有盈利的可能性。

可是，如果只动嘴，她们都能把"梦想"描述得特别漂亮。她们说得出梦想外在美好的轮廓，却无法用精细度和专业性把它解构成踏踏实实步骤清晰的骨骼，于是，梦想成了永远无法实现的梦幻。

在波光闪耀的水面活蹦乱跳地游离，大多是小小的鱼类和虾类，而鲸鱼，往往深深地默默地稳稳地潜在海的深处，它们叫声低沉而震撼，有时到海面上晒晒太阳喷喷水，但更多的时候，是承受深海的压力，看到另外一个安静而伟岸的世界。

梦想不是空中楼阁，它是深厚踏实的土地，需要真真切切用脚步丈量，才有机会走向远方。

那些梦幻，总是漂浮在生活的海面。

梦想，则像鲸鱼一样深潜在生命的海底。

我们身边像 Lucy 这样的姑娘，恰似沉静潜伏在海底的小鲸鱼，我相信她们迟早会浮出海面晒晒太阳。

自恋才是最长情的恋爱

我收到过一封特别有意思的读者来信，她是这样说的：

"筱懿，最近我特别烦恼，想跟你说说心里话。

"我的朋友都说我是个超级自恋的人，我喜欢发自拍，也喜欢夸自己……说实话，我确实有点自恋，每次照镜子，都觉得自己美得不像话，但这是事实啊，不代表我有病吧？我美是我努力的结果。就像你写的《美女都是狠角色》那样，我一直很在意自己的形象，花很多时间和精力美容、护肤、健身。为了瘦到目标，最夸张的一顿只吃三个馄饨。我注重内外兼修，读书、旅行、培训一样也不少，每个月至少看两本书，工作成绩也很不错。

"于是，我觉得委屈，发几张照片秀一下怎么了？只有不够自信的人才不敢发照片吧？但是我最烦恼的并不是别人的评价，自恋是我的自由，让别人闹她的心去吧。我烦恼的是我已经三十岁了，还没有能看上眼的男人，我该怎么办？追求我的人很多，但我觉得他们无论是智商还是颜值都只能让我俯视。眼看，自恋即将成为我经历的最长久的恋爱。

"所以，我确实慌了。爱自己有错吗？我是不是真的无药可救了？"

　　为了让我客观评估她的自恋程度，她发了几张照片。的确颜值爆表，从外表和叙述上看，她的自恋也算情理之中，值得被不偏不倚地不瞎不装地讨论。

　　普通的自恋，几乎人人都有。而资深的自恋，往往发生在两种人身上，一是光环护体的牛人，觉得自己实在优秀，照镜子的时候都恨不得对另外一个自己说声"我爱你"；二是自我认识不清的凡人，寻常的资质支撑不起对自己的深情厚谊，显得有点可笑。

　　比如，重庆市綦江区赶水镇的平常姑娘凤姐说："我九岁博览群书，二十岁到达顶峰，往前三百年往后三百年，没有人会超过我，在智力上她们是不可能比我强的，那就在身高和外貌上弥补吧。"那时，绝大多数人嘲笑和打击她。

　　后来，她写了不错的诗，成为凤凰新闻客户端的签约主笔，人们不再嘲讽她的疯魔，逐渐有兴趣了解她背后的故事。她成为另一种类型的励志标本。

　　所以，绝大多数人不能忍受的不是自恋本身，而是实力与现实不匹配的狂妄自大。

　　自体心理学大师科胡特把"自恋"定义为：一种借着胜任的经验而产生的真正的自我价值感，一种认为自己值得珍惜、保护的真实感觉。

　　我翻译一下就是：自恋是源于我们对自己的关注，我们希望自己在他人眼中是值得关注和让人喜欢的，这会给我们带来愉悦和生命活力。从这个意义上来说，我们甚至可以把自恋看成"心理健康"的表现，除非自恋过了头，严重不符合实际情况，那才会出问题。

假如自恋是病，这种根深蒂固的疾病至少流传了几千年，甚至，带来了很多意料之外的正能量。

比如，李清照经常拿自己的容貌与鲜花比美：卖花担上，买得一枝春欲放。泪染轻匀，犹带彤霞晓露痕。怕郎猜道，奴面不如花面好。云鬓斜簪，徒要教郎比并看。

在没有照相机的时代，人们借助画师们的妙笔保存容貌。三十一岁的李清照，对自己的颜值和身段自信得自恋，她兴致勃勃地请人为自己画像，挂在易安居室。这幅写真画像的藏本，收录在《唐宋词鉴赏词典》的插图里。整部《唐宋词鉴赏词典》中有很多插图，绝大多数描摹的都是词作里面的意境和场景，唯一一个人物肖像写真插图，就是李清照的画像。

据说，李清照的丈夫赵明诚，结婚十年仍然被她的优雅丰姿倾倒，他即兴为李清照的画像题词说："佳丽其词，端庄其品，归去来兮，甚堪偕隐。"言语之中，对秀外慧中的妻子大加赞赏，说她的人、她的词、她的人品都那么美好，即便抛弃一切功名利禄，归隐山林，只要能和美丽的妻子在一起，就是人生最大的快乐。

可见，只要不过分，只要盛名之下名副其实，自恋的女人其实挺可爱，她们会更加努力探索自己的内心，了解、爱惜和欣赏自己，懂得自我保护与发掘，把最完美的自己呈现出来。

自恋和爱情并不冲突，爱情从某种意义上说是女人自恋自爱的镜子和延展，正是这面镜子，让她们唯美的心结有所寄托，让她们推己及人地学会爱别人。

法国当代著名的引导世界自恋文学时尚的女作家玛格丽特·杜拉斯，在她的自传体小说《情人》的开篇中，这样描写自己的容貌："我已经老了，有一天，在一处公共场所的大厅里，有一个男人向我走来。他主动介绍自己，他对我说：我认识你，永远记得你。那时候，你还很年轻，人人都说你美。现在；我是特地来告诉你，对我来说，我觉得，现在你比年轻的时候更美。那时，你是年轻女人，与你那时的容貌相比，我更爱你现在备受摧残的面容。"

对仪表的自恋，很多时候让女人多一份自信。自古以来的美人，大多像玛格丽特·杜拉斯那样高高地昂着头充满自信地觉得：我很美，我漂亮极了，永远像花一样，男人都会爱上我。

所以，六十六岁的杜拉斯，可以吸引小自己二十七岁的扬·安德烈亚。塞内克记录杜拉斯传奇一生的《爱，谎言与写作》中说："差多少又有什么关系呢？爱情是不分年龄的。她以为遇到了天使，而他以为遇到了此生最爱的作家。她爱上了爱情，他爱上了她的书。"

自恋的女人往往自负，这份骄傲让她们在任何年龄都保持独特的竞争力和才华，比如李清照的词、杜拉斯的小说，成为某个领域的真知灼见，也成为她们超越时光留存的爱情的法器。

总结一下适度自恋的好处：

首先，它让人更快乐，降低焦虑和抑郁，自恋的人有更高的自尊观念，至少她们肯定自己，不用想着法子去寻求别人的认可。

第二，它让人懂得更好地照顾自己，延长外在和内在的美态。

第三，它让人真实，谦虚这种事平时装装就行了，自恋的人不屑于此。

第四，它有利于建立更坚固的人际关系，自恋减少了对他人的依赖和需求，不把幸福建立在别人身上。

第五，这是我最想强调的——自恋让你不需要担心到底有没有人爱你，即便没有人像你想象的那样去爱你，至少你爱自己。

可是，站在自恋的光环下，也无法回避它的阴影。

极度自恋的人往往是孤独的，他们的心灵被太多的自己占据，很难容纳其他的美好，就像希腊神话里那个爱上自己的美少年纳西瑟斯，未必都有完满的结局。

纳西瑟斯是河神克菲索斯与水泽女神利里俄珀的儿子，他出生之后母亲得到神谕：儿子长大将变成天下第一美男子，但他会因迷恋自己的容貌郁郁而终。

为了躲避神谕应验，纳西瑟斯的母亲刻意安排儿子在山林间生活，远离溪流、湖泊、大海这些反光物，让他永远无法看见自己的容貌。纳西瑟斯如愿平安地长大，如神谕般英俊，见过他的女孩都忍不住爱上他，可是，他生性高傲，觉得没有一个女子值得自己的青睐，他只喜欢和朋友们在山林间打猎，对爱慕他的女孩们不屑一顾。

于是，报复女神娜米西斯决定教训他。

一天，纳西瑟斯在野外狩猎，天气酷热，一阵清凉的微风吹来，他循着风向前走，来到一个水清如镜的湖边。他坐在岸上，对澄净透明的水充满好奇，想伸手摸摸那是什么东西。当他看见水中倒映的完美面孔，不禁惊叹：这么好看的人是谁呢？他向水中美人挥手，对方也向他挥手；他向水中美人微笑，对方也向他微笑；他伸手去触摸，对方却立刻消失了；他把手缩回来，水中美人再次出现，款款深情地望着他。

纳西瑟斯深深地爱上自己的倒影，为了守护这个虚幻的影子，他日夜守护在湖边，不吃不喝不睡，目光始终不离水中倒影。

终于，神谕应验，纳西瑟斯因为迷恋自己的倒影，枯坐死在湖边。

古希腊的神话，很多都有寓言的意味。

纳西瑟斯的结局，是很多过分自恋的人的写照，比如给我写了那封邮件的读者。她需要接受的现实是，有一种女人只能对全方位比自己强的男人来电，就像原始社会里女智人只会对部落里狩猎最多最强壮的男智人传情。因为狩猎能力是当时唯一衡量男性地位的标准，意味着生存与安全感，这样的男人毫无疑问非常稀缺，很少有女人能相遇相知。

于是，这辈子太自恋的女人确实只能和自己恋爱了，就像空杯理论，只有倒空杯里的陈水才能接纳活跃度更高的新水。过分自恋的人舍不得放空，她们心里满满地装着自己，爱自己太久太激烈，心里也容不下别人，时间久了，就失去了爱他人的能力。

自恋这种挺高端的情绪，需要用孤独去供养。

如果你能接受，自恋就是最长情的恋爱，实事求是地爱自己，永不停止地修炼自己，只要不疯魔，爱死自己又怎样呢？

如果你不能接受，需要他人的爱填充生活的色彩，就需要把恋着自己的那份心稍稍放空一点，在心里和眼里为别人腾出位置，容纳大家都是平凡人的琐碎和枯燥，在文艺腔的幻界找到爱情的烟火气。

关 于 爱 情 的 真 话

你 有 价 值 ，
你 的 爱 情 才 有 价 值

　　让一个十五年前对自己毫不感冒的人为现在的自己动心，是一种什么样的感觉？

　　我在女友 Q 和男性友人 K 的经历中看到了这么一出反转。

　　Q 是我的大学校友和邻居，也是个爱画画的姑娘，读工艺美术专业，标准文艺女青年的模样，皮肤是长久不见阳光的白皙，公开场合话比画少，内心却潜藏了被艺术浇灌起的热烈。她常常去中文系找我，但很快我就自觉地发现，她不是去找我，是拖我去看我们的"系草"K 打篮球。

　　我不知道每个女孩在高中或者大学时代是否都会爱上三分球球手，像赤木晴子喜欢流川枫一样，反正 Q 是爱上了我们系各种光环加持的 K。他是班长、系学生会主席、成绩优秀的学生、辩论队最佳辩手、老师的宠儿，再加上身高和外貌都超过了大学男生平均水准，所以，各项优点都被放大了地突出，在心里为他尖叫的女孩远远不止 Q，她只是若干仰视者中不太显眼的那个，怎样赢得 K 的爱情呢？

在确认了我大叔控的取向之后，Q 放心地让我代写情书，没错，为了朋友我还从事过这么古老质朴的职业。每当我写得让她满意，她就打赏给我学校门口一堆五毛钱一串的"张正麻辣串"。Q 为 K 画了不少画，用别致的信封装好塞到我们班邮箱；制造了若干次偶遇；在篮球场上鼓足勇气小媳妇儿一样为 K 递过毛巾和水。

但是，不起眼的她还是失败了。

她被 K 毋庸置疑地拒绝，不留一丝余地，甚至没有一点软话，在绝望中看着另一个女孩几个月后挽上 K 的胳膊成了正牌女友——那个女孩同样光环闪耀，管理学院的系花，父母官阶不小。

然后，我的青春不得不用来开导心碎的女友，大同小异安慰的话说了无数，她依旧默默流泪，我实在说烦了，就问：你究竟是喜欢 K，还是喜欢他身上的各种附加值——班长、系学生会主席、最佳辩手、优等生，来满足虚荣心？

Q 被我问得一震。

反复震了几次，Q 便被优渥的家庭送到北京学法语，然后登上飞机，去了她这个专业学生们的梦想之地巴黎。

我和 Q 断断续续地联系，交情横跨了 MSN、QQ、微博、微信若干个通讯时代。她再次出现在我面前已经是十五年后，而且，一见面就把我惊艳了。

你看过《匆匆那年》结尾时一身大红裙的倪妮吗？对，Q 很像她，原本的苍白变成了健康的白皙，气质优雅，谈吐动人，是个小有名气的设计师，拥有自己的工作室，原本含蓄的勿忘我在十五年的时光中长成了热烈的玫瑰。

我喜欢看到这样的转变，当然，我也猜到了她必然会说一句话：K现在好吗？

Q说得很淡，语气只是想见见故人的释然，态度也完全地放松，于是我答应试着联系K吃一顿饭。

三个人就这么隔着十五年的光景坐上同一张餐桌，当"我们"在岁月中的差距变成了"我和门"的时候，一切都不同了。

学校和社会是两码事。K保送研究生，毕业后被女友的父母安排在省直机关。他不是不机智不优秀不勤勉，可是比他机智优秀勤勉并且全力以赴的人挺多，被照顾惯了的人注定弯不下腰，他的发展并不平顺，职位与年龄刚好匹配，却多了个不常运动常应酬的肚腩。

K看到Q眼神一亮，那种男人见到让自己心动的女人之后特有的光彩，表情也因为紧张而生硬。反倒是Q，自然妥帖，热情得恰到好处。

我看着眼前局促不安生怕说错话的K，对比十五年前他果断的拒绝和高傲，想象着其中反转的力量。

以上是貌似与你无关的我的朋友Q的故事，现在，我想说几句或许和你有关的话题。

爱情是最纯粹的感情。

可是，爱情同时又是最势利的感情。

这是我在Q与K的反转中最深切的体会。

你的爱情有没有价值，你的付出有没有意义，对于另外一个人，取决于你这个人有没有价值，你这个人对他来说有没有意义。

比六十六岁的玛格丽特·杜拉斯年龄小二十七岁的扬·安德烈亚爱上她，一定不是因为她是巴黎街头酗酒暴躁的老太太，而是，她是龚古尔文学奖得主，暴烈的脾气匹配着暴烈的才华。

戴笠解散了所有相好过的女人，一心一意要娶胡蝶，一定不是因为她是拖着两个孩子结过两次婚的中年妇女，而是因为她是电影皇后，是横扫当时所有排行榜的票房冠军，代表了那个年代的审美取向。号称"童贞女王"的伊丽莎白一世，花甲之龄依旧有几乎可以做她孙子的年轻的埃塞克斯伯爵狂热追求，是因为她保持着自己的第一次吗？不是，瞎子也知道，她的魅力来源于她是一位真正的女王，缔造了一个日不落帝国的女王。

所以，那个爱上你的人，爱的还有你的附加值。

所以，所有不可能的感情背后，都是有逻辑的顺理成章。

我一向不愿意用"价值""升值"这样相对功利的词汇形容情感领域的感受，可是最近却用了好几次，因为这实在是偷懒而且形象的词汇。那么现在，我们来想想为什么会有单恋这回事儿呢？因为一个人的综合价值不够打动另外一个人，这个综合价值，就是所谓的脾性、外貌、才华、谈吐等等累积起的"感觉"，假如有足够优秀的补偿机制，任何一个单项分数偏低都不是问题——比如，杜拉斯脾气够坏，可是她同样够有名；胡蝶是有两个孩子的中年妇女，可是她的光环足够大；

伊丽莎白是够老，可是她的权威也足够强啊。

这些加分项弥补并且超越了她们的劣势，让她们在爱情的疆场上持续闪光。

你能赢得自己的爱情吗？先看看整体得分够不够数，再想想是否满足对方的审美取向和生活要求。爱情，拆解开来除了情感的抚慰，还有生活的价值。

而你有价值，你的爱情才有价值。

不管这价值是低调隽永的智慧，金光闪闪的身家，令人着迷的美貌，还是特立独行的气质，以及温柔包容的母性。

女人的一生，无论亲情、爱情、友情都需要"增值"，无论身处恋爱、婚姻还是独身，都需要有为自己"增值"的能力。就像我的朋友 Q，她在时光中持续上扬，成了一只成长型绩优股，而她曾经爱过的那个男人，却在岁月中走了一道下滑线。

Q 离开时，我送她去机场，闲聊中说到 K，她说，K 后来又约她吃过几次饭，却没有太多共同话题，只匆匆别过。

我开玩笑问她是否有情感逆袭的扬眉吐气，她笑说，早过了那个虚荣的年纪，只是庆幸当初没有为任何人任何事耽误向前走的脚步。

校草会长残，小草会逆袭。

而一个神采飞扬的女人，值得被什么事困住，又值得为什么人爱断情伤呢？

爱情就是让他陪你去看一次病

　　我和女友相约午餐，超过约定时间很久她依然没到，只收到潦草的微信：病人家属谈话，十五分钟到。

　　我们相识多年，她是一名妇产科医生、业余面包师。我常常说她是医生中的女文青，既扭转了我对女医生洁癖高冷的印象，也纠正了我很多矫情的看法——在生死面前，我们纠结的绝大多数问题其实都不是个事儿。

　　十五分钟后她准时到达，落座主动开口："今天我对病人家属局部说了假话。"

　　假话说在和一位宫颈癌女病人的丈夫沟通病情的时候，这是一对婚龄超过十五年的夫妻，妻子刚刚确诊宫颈癌，中晚期，情况不太好。

　　女医生和病人家属做病情说明，对方一直铁青着脸，不是伤心、难过、关切中的任何一种情绪，而是质疑。果然，不到五分钟他便不耐烦地打断女医生："大夫，你只要告诉我这个病是怎么得的。"

　　女医生瞬间明白了他想了解的内容，稍微考虑了一下回答："性行为混乱是导致宫颈癌的原因之一，但是，不是所有的宫颈癌都由于性行为混乱。这种病的成因很复杂，你妻子应该是其他生物学因素导致的疾病，你不要想太多了。"

男人明显松了口气，说："我知道了。"

不知道他"知道"之后会怎样对待他的妻子。

女医生说："其实我并不能从医学上判断是不是性行为混乱导致的宫颈癌，我只能从直觉上判断这个女人不会。而且，那么多年夫妻，当丈夫得知妻子生病，应该先治病，再说其他，没有几个女人能承受身体和心灵的双重打击，所以，我局部说了不确定的话。"

我拍拍她的手，表达我的认同："你没做错。"

我们都有点伤感，默默地吃饭。

突然，女医生抬起头问："还记得去年你告诉我 C 离婚的时候我一点都不吃惊吗？"

C 是我们共同的好朋友，结婚十年，是朋友圈里的模范夫妻，去年突然婚变让所有人震惊。可是，我至今还记得，我告诉女医生这件事情的时候她淡定地吃着面条，只是"哦"了一声，当时我还纳闷她怎么这么不关切。

今天，她放下筷子接着说："当时我不吃惊的原因是，我认识 C 十多年，十多年里她找我看过至少二十次病，她老公没有陪过一次。她怀孕时所有产检都一个人过来，只有生孩子当天，她老公在现场。我知道感情好有各种表达方式不必苛求，但是，老婆生病时不陪不问，绝对不是爱情的表现。在我们医生眼里，所谓的爱情不过是让他陪你看一次病。"

"和你们女作家摆事实讲道理不一样，打动我们女医生的爱情，都在医院。

"前两天一对小夫妻，老婆生孩子出血有点严重，我们只是正常告知老公。一米八的北方男人当时就急红了眼，拽着医生袖子大嗓门嚷老婆最重要，万一有问题保大人，瘫在手术室外椅子上捂着脸开始哭：老婆你受罪了。大人孩子推出来，顾不上看孩子，先握老婆手。

"去年一对农村夫妻，当地医疗条件特别差，老婆乳腺癌晚期，老公看上去是特别老实木讷的男人，背着老婆跟我说，只要有一点希望都治，虽然穷，但是人活着比什么都强。

"一对正在闹离婚的夫妻，也是熟人，老婆查出来子宫肌瘤，片子上看挺大。男的跟我说等手术做完确定她没事再离婚，是亲人就不能在这时候离开她。手术后他请了假照顾她，病好了感情也好了婚也不离了。

"还有一个特别有名的企业家，外面都传多么花心不顾家，可是老婆岳母每次生病都陪着。有一次岳母动手术，我刚说完病情，老婆哭了，他立刻搂住老婆：别担心，有我。这样的男女，说实话，无论别人怎么非议，感情差不到哪里。就怕 C 那种夫妻，人前光鲜恩爱，人后你们看到过 C 一个人看病、拿药、吊水、做胃镜的难过和寂寞吗？

"医院才是去伪存真的生活百态，平时给你多少钱给你多少所谓的情，和吵了多少架怄了多少无谓的气一样，在生病面前都是小事。你生小病他陪着，你生大病他不离不弃，才是我们医生眼里最牢固的爱情。"

她很少一口气说这么长的话。

爱情是女人最热衷的话题，不同情境下爱情的表达方式千差万别：第一次见面，他愿意绞尽脑汁讨你欢心是爱情的萌芽；热恋阶段，他从来不食辣却愿意陪你去吃水煮鱼是爱情的改变；准备结婚时，他虽然陪你的时间越来越少，却辛苦打拼努力改善生活条件是爱情的承诺；结婚之后，偶像剧成了生活剧他还迁就你的小性子是爱情的包容；有了孩子，他把鸡腿一只给孩子一只给你是爱情中的亲情。

而生病时他的陪伴，就像爱情的保险，你不是娇气不是矫情不是不能自理，你只是在身心的低潮期需要依靠和陪伴，而那个人，应该在你身边。

女人可以在各种条件下坚强，唯独不需要在生病的时候逞强，生活平凡而平静，需要蝙蝠侠和绿巨人的概率微乎其微，大多数时候都是一个平常女人对平常男人的亲密感，而爱情就是这样的亲密感。

你不需要他的拯救，你需要他的关怀。

由己及人，你对他也一样。

你生病时他冰冷的眼神和举动，足以抹去日常无数甜言蜜语的痕迹；你生病时他无声的关心和行动，甚至能够弥合三观不同带来的争执。

就像二十岁时你爱的是送你保加利亚玫瑰的男孩，四十岁时珍惜的是病床前为你准备好温水的男人。

爱情不仅仅是灵魂的伴侣，更是肉身的彼此照料。

请相信，这并不仅仅是一个女医生眼里的爱情。

爱 得 早 未 必 爱 得 好

十几年前，我第一次成为工作小团队的负责人，那时我二十二岁，组里四个年龄相仿的女孩，热闹得像是同宿舍女生，除了工作，爱情也是重要话题。

有一天，A女孩突然红着脸请大家出主意该选哪个男孩做男朋友，其中一个男孩是高中同学，知根知底；另一个男孩是我们的同事，在别的部门工作，这是我们小组里第一个准备恋爱的姑娘，大家都为她高兴。

A女孩成了同事的女朋友，她说，同事比同学更成熟，知识面更广，工作中解决不了的事儿，到了他那儿一切迎刃而解，让人踏实。

两个人踏踏实实地二十四小时不分离，在办公室吃饭、约会、谈工作。只是，恋爱的姑娘显然没有从前那么专注，她的精力每天都在工作与恋爱之间游走。我为难又不便开口。

好在，这种状况没有持续太久，她和同事很快结婚，然后辞职，我们的团队补充了新鲜的B女孩。

我和 B 共事三年，工作团队一再扩大，所有姑娘都恋爱了之后，B 女孩依旧单身。

她悠游地过着自己的生活，不慌不忙，工作、健身、追美剧、旅行，然后考了工商管理硕士，因为读书而辞职。她走的那天，我特别遗憾自己失去了一位如此靠谱的伙伴。她抱抱我，说，我们谁没结婚就做对方的伴娘。

我开玩笑问她另一半在哪儿，她龇牙咧嘴地笑：我得先懂得自己，再找到那个懂我的人。

我再次见到成长为女人的 B 女孩，是大约七八年之后，她和男友从新加坡回来准备见双方家长筹备婚礼。此时，她三十五岁，却几乎还是若干年前的样子。她的男友是她在新加坡工作时遇见的当地华人，比她大三岁。我对他印象很好，斯文平和，有教养不张狂，不像很多同龄男性，生怕别人看低了自己的了不起，什么事都要奋力表现一番。

我们聊起当年的那些姑娘，包括她几乎没有共事过的 A——A 很快做了妈妈，更加无法工作，所以，从二十三岁左右，她便几乎永远离开了职场，与职位越来越高的丈夫距离越来越大，虽然不至于婚姻危机，但幸福感和成就感明显不强。

职业与婚姻，都是关系女人一生幸福的大事，很多人的生活，都在这两个项目上日积月累地变化，最终拉开了差距。

B 谈起自己的感情，毫不避讳地说，这是一个对于爱情来说最好的年代，因为自由与开明。

这也是一个对于爱情来说最坏的年代，因为变化快和选择多。

而爱情，是两个心智成熟的成年人之间的情感互助，不是两个超龄儿童彼此的感官游戏，除了"看对眼"，还要"走下去"，这就需要拿出成年人该有的态度。而成年人，并不是一个固定的岁数，有人很早就独当一面，有人一辈子都是个大孩子。我们能够基于理性的思维、平和的态度、换位思考的立场而与成人良好交流，却很难和孩子顺畅沟通——因为心智水准、自控力和见过的世界不同，和孩子说话，必须有一方是迁就或引导的态度。可是，即便你愿意迁就，他们也未必听得进去，假如成人间的每一次沟通，都像孩子一样费劲，这样的关系维系起来就很难。由于血缘关系，每个人都愿意迁就自己的孩子，可是，很少有人能够用对待孩子的耐心对待伴侣。

B说，当年我没有恋爱，是因为觉得心智不够成熟，不清楚自己最期望的生活是什么样子，而我见过很多在特别年轻的年龄结婚，并且为未来生活选定方向的姑娘，最终都发现，最初的方向并不是自己想要抵达的地方。

B的话让我想起网络里很多分析凯特王妃和戴安娜王妃区别的文章，从颜值、学历、智慧各个方面全方位比较，可是，在我看来，她们俩最大的不同是成熟程度。

戴安娜在二十岁这个女孩的年龄选择了自己的婚姻，在相当长的时间里，都以女孩的敏感与任性处理很多家庭问题。被查尔斯冷落时她会用小刀自残，给查尔斯的情人卡米拉打电话，与丈夫争吵，和自己的马术教练恋爱。这一定是压抑了很久真性情的流露，可是，生活的残忍在于，它怎么会因为你的真实就摁下"原谅"按钮呢？爱情大多数时候都无法长久容忍一个小女孩的撒娇耍赖。

当戴安娜到了了解自己真正需求的年纪，婚姻已经成为一张无法修复的满是破洞的渔网，别人艳羡不已的王妃头衔抵不上真实而自由的生活。

二十岁时那个光彩照人的选择，被现实的痛苦刺穿，无法抵达人生真切的归属。

凯特嫁给威廉王子的时候已经三十岁，戴上了被无数灰姑娘和白姑娘羡慕的王冠。她是一名心智成熟的女性，她的自控力能够掌握住自己的言行，在婚姻、人际关系、履行职责方面应对自如。她清楚自己选择了怎样的生活，这样的生活将把她送达怎样的彼岸，她不会对生活中的意外手足无措。

她的爱情并非一帆风顺，恋爱时也曾和威廉分过手。全英国的小报都准备拍一张她失恋后落寞的表情，可是，她什么也没说，分手第二天拿着网球拍正常出门，对记者得体微笑。

不出错小姐最终迎来了自己的出彩人生。她和威廉复合、结婚、生子，人民群众喜闻乐见地发现，王子和公主结婚后也能过上好日子。

三十岁时那个深思熟虑的选择，穿透了美好与无奈，梦想和现实，最终落脚在定了型的生活。

爱情的话语权往往掌握在熟女手中。

辛普森夫人让爱德华八世心甘情愿放弃王位时已年过四十；杰奎

琳·肯尼迪改嫁希腊船王的时候三十九岁高龄；钻石单身汉乔治·克鲁尼最终为三十六岁的女律师阿拉慕丁戴上婚戒；我们的全民女神高圆圆、汤唯都是三十五岁之后找到了合适的人，周迅、刘若英甚至四十岁才与所爱之人牵手。

不是她们年龄大，而是她们成熟度高，先了解自己，了解生活，再去寻找那个了解她、接纳她所选择的生活方式的男人。

她们看过大千世界之后，选择的范围早已从同学或者同事，扩展到了一切皆有可能。

而所谓"坏"的爱情，不过是在自己都不懂自己的年龄，选择了更不懂自己的人。

我参加了 B 的婚礼，虽然没有做成伴娘，却依旧满心欢喜。

爱情里最重要的事

一凡是我最难忘的朋友，只是，在她二十八岁的时候，上天从我们身边把她带走了。

如果你认识她，或许会和我同样喜欢她。

她是个既安静又开朗的姑娘，言语恰到好处，有她在，既不会觉得聒噪，也不会感到冷场。她周到地照顾着周围人的情绪，也能圆润地表达自己的观点。她散发着温和的光彩，从不灼痛别人的世界。

就是这么一个姑娘，二十八岁之前，她都是幸运的。

从重点小学、初中、高中毕业，顺利考上重点大学；大学里和高高帅帅的学长恋爱，毕业后嫁给他；工作地点距离父母住所只有二十分钟步行路程，中午可以妥妥地回到从小生活的地方吃饭午休；生了个好看的女儿，被外公外婆视若珍宝抢着带，自己也没有变成臃肿的新手妈妈；工作体面平顺，按部就班地晋升，由于得体，同事关系也融洽，领导面前是个被器重的中层。

生活如果看起来美好得像假的，那十有八九就是假的，或者，命运会在最出其不意的时候来个反转，刷刷自己的存在感。

我还记得那是某个夏天的傍晚，一凡头一回不打电话直接到我办公室，我忙着手里的活，她坐在我身边的椅子里呆呆地咬着指甲，等我忙完，她惨淡地笑，眼神愣愣地说："筱懿，我得癌症了。"

卵巢恶性肿瘤。

这是一种早期很难发现的女性重症，除了遗传性卵巢癌之外，没有多少可行的预防措施，只能早诊早治，争取早期发现病变。

可是，一凡发现的时候，已经不早了。

我怀疑上天预先知道她的人生结局，才安排了好得不真实的二十八年，然后海啸般吞噬一切，只留下光秃秃的沙滩，像是对幸运人生的最大嘲讽。

那天，我和我认识了二十年的姑娘、我的发小，在我们走过了无数次的林荫路上来来回回地踱步。我拉着她冰冷的手，努力不在她面前流泪。

突然，她停下来，轻声对我说："别告诉任何人，我已经这样了，我父母、老公、女儿还得继续生活，让我想想，怎么安顿好他们。"

她抱抱我，转身回家，第一次，没有嘻嘻哈哈地挥手告别，而是头也不回地走远。我看着她的背影完全消失，才蹲在地上放声大哭。

每天，我都装作若无其事地给她打个电话，她的语气日渐轻盈，半个月后，她在电话里说："我解决好了，咱们中午一起吃饭吧。"

在她最喜欢的菜馆，她小口地喝着冬瓜薏米煲龙骨，我不催，她愿意说什么，愿意什么时候说，随她。

"我先和老公说的。我给他看了病历，对他说，老公啊，我陪不了你一辈子啦，你以后可得找个人接替我好好疼你呦。

"女儿太小，你父母年纪大又在外地，今后你独自带着小姑娘大人小孩都受罪。我父母年纪适中，女儿又是他们一手带大，你要是同意，今后还让他们带着。老人有个伴儿，你也不至于负担太重，能匀得出精力工作生活。

"咱们两所房子，我想趁我还能动，把现在住的这套过户给我父母，一来给他们养老，二来，他们用不上就算提前给女儿的嫁妆。存款如果你不介意，把我那半存到女儿户头上，算她的教育基金。另外那套新房子，你留着今后结婚用，你肯定能找个比我更好的姑娘，得住在和过去没有半点关系的新房子里才对得住人家。"

我问："他怎么说？"

一凡放下汤勺，"他没听完就快疯了，说我胡扯，先去把病看好，可是我知道根本看不好。

"我想让老公没有负担地开始新生活，他那么年轻，不能也不值得沉没在我这段历史里；我想给女儿有爱和保障的未来，不想她爸爸凄凄惨惨地带着她，也不想让她面临父亲再婚和继母关系的考验，那样既难为孩子也难为她爸爸；我还想给父母老有所依的晚年，他们只有我一个女儿，两人还不到六十岁，带着外孙女好歹有个寄托，他们还算知识老人，孩子的教育我不担心。

"我不想为难人性，更不想用最亲爱的人今后的命运去试验爱情的忠贞，或者亲情的浓稠。我只希望在我活着的时候，在我力所能及的条件下，把每个我爱的人安置妥当，生活是用来享受的，不是拿来考验的。

"我和老公讲道理，他最后同意了，他明天送我去住院，然后，我们一起把这事儿告诉我父母，这是我们小家庭商量后的决定。"

一凡半年后去世了。

就像她生前安排的那样，女儿在外公外婆家附近上幼儿园，维持着原先的生活环境。老公每天晚上回岳父岳母家看女儿，也常常在那儿住。他们的关系不像女婿和岳父母，倒像儿子和父母亲。

两年以后，她的老公恋爱了，对方是个善良知礼的姑娘，另外那套房子成为他们的新居。婚礼上，除了男方女方的父母，一凡的父母和女儿也受邀出席。

因为无需在一起近距离生活，所以几乎没有矛盾，女儿也喜欢漂亮的新妈妈，每年清明，大家一起给一凡送花儿。

在一个原本凄惨的故事里，每个人都有了最好的归宿。

每个人都因为一凡的爱而幸福安好，这才是真正的爱情，以及亲情——不只有激情，不仅是索取，不光为自己，而是对他人的善意与安置。

曾经，我以为爱情里最重要的事是"爱"本身，一凡让我明白，

"爱"本身不难，难的是许对方一个看得见的未来。爱情里最重要的事，是我知道自己会离去，却依旧要照顾好你，给你一个妥帖的未来。

这才是一个女人柔韧的坚强，宽阔的善良，以及，不自私的爱。

当 爱 情 与 青 春
战 死 在 生 活 的 沙 场

我上次见到 Y 还是五年前，她刚刚度过二十八岁生日。

那时，她是一名三岁孩子的妈妈，一位四十岁男人的妻子，一个看上去很幸福的家庭的女主人——丈夫事业有成，儿子健康可爱，公婆通情达理。她自己，是小有名气的室内设计师，拿过不少业内奖项，设计的单身公寓精致实用，大宅的错落感和空间使用都不错。她和孩子的父亲，也是通过设计房子认识，只是当初没有想到装修完房子，她自己便住了进去，成为那里的女主人。

到了一定年龄，我们便不再轻易相信事情的表象，很多家庭表面的光鲜体面，不过因为内在的清寒没有被展示出来；而那些成天吵吵闹闹的怨偶，反倒在烟火的温度里熔成了铁板一块。

Y 恐怕是前者。

女人幸福与否，微小的细节表露无遗。

我极少看见 Y 夫妻一起出席朋友的活动，偶尔公开场合遇见，两人手脚隔离客气得局促。当一个男人或者女人拒绝再与对方有肢体上的亲昵时，心里的距离常常比身体更远。

只是，我依稀记得，隔着葱茏的日子，Y 通知我参加她婚礼时的模样，那么欢欣，喋喋不休地说着即将成为她丈夫的那个人种种优点，甜蜜得要溢出来。

没有什么比眼睁睁看着一对相爱的人渐行渐远更让人唏嘘。

在一起时，谁不是深爱？结过婚的人都明白，摧毁婚姻的是无数细碎铸就的岁月。

管毫无血缘关系甚至原先根本不认识的老人叫"爸妈"，在同一张床上你鼾声如雷我神经衰弱，外出吃饭你不要葱姜蒜我喜欢胡椒花椒丁香，你觉得孩子要放养我认为自古英雄出少年，你赞同两个人把钱放在一处花我觉得 AA 制更合理，为什么我表弟娶媳妇给了三千你表妹嫁人给了五千，为什么你父母永远在和保姆暗战他们难道不明白保姆分担了多少带孩子的重担⋯⋯

不结婚，永远不能零距离了解对方是怎样一个人，雾里看花总是无法切身辨析他有着怎样的开阔与狭隘，悲喜和好恶，光亮与幽暗。

曾经，我们都以为婚姻最重要的支撑是爱情，过着过着才发现，婚姻里最可贵的品质是自省和毅力，就像刘瑜说的，一开始靠爱情，最后靠毅力。爱了不在一起的人，不爱了还在一起的人，都是如此。

而中国式婚姻里，向来不缺乏毅力惊人的男女，多少人，都经历过这种血肉相连的撕扯。

Y不愿意继续撕扯，她问我，当一段关系在困局中没有了出路，究竟是破局还是忍耐？

我喜欢看到赏心悦目的男女和乐地在一起，但我也从来不劝说貌合神离的男女一定要"在一起"。我见过很多的"在一起"，也仅仅就是"在一起"而已了吧。没有不犯错的生活，可是，假如我们发现这错误需要用未来的黄金岁月弥补与偿还，谁都会无措和纠结。

很多人，尤其女人，痛苦的原因大多是青春与爱情陪着时光一起战死在生活的沙场，在纠结和艾怨中消耗生命。

经济学里说，当一项事业已经发生成本，并且无论如何努力也无法收回预期收益的时候，这种支出就叫做"沉没成本"。面对无法收回的沉没成本，明智的投资者会果断放弃。

比如，我们买了一张电影票，在电影院坐下来却发现电影完全不是自己喜欢的类型，这时有两种不同的选择：第一种，忍受着看完，因为心疼花掉的电影票钱；第二种，退场去做别的事情，虽然无法收回买电影票的投入，却避免了在不喜欢的事情上继续浪费时间，也给自己另一个发现其他乐趣的机会。

理性的经济学家觉得，理智的成年人在努力而无用之后，不应该在做重要决策的时候考虑沉没成本。

我打着字透过键盘都感受得到这种思维的残酷，那可是我们实实在在的感情和青春啊，有多少人在断舍离的纠结里能够如此清醒和无痛呢？有多少人能够一直向前看走出当下的泥淖呢？绝大多数人，都会在电影院里用不舒服的姿势和不喜欢的心态遭着罪把电影看完，然后抱怨说那是一部多么糟糕的片子。

不好看的电影只耗费了一张票价，而我们以前走的弯路、做的错事、受的挫折，又何尝不是一种沉没成本？它们远远超越一张电影票，让未来的生活付出更高代价。

真正勇敢的成年人，经历各种修正和争取之后，能够直面过去言行的对与错，把已经无法改变的错误视为昨天经营人生的坏账损失。而带着一身坏账，只能把未来的日子过成一笔烂账。轻装上阵，才有可能遇到新的机会。

有一次，印度的圣雄甘地坐火车外出，踏上车门的一瞬间，火车刚好启动，他的一只鞋子不小心掉到了车门外，甘地麻利地脱下另一只鞋，朝着第一只鞋子掉下的方向扔去。有人奇怪地问他为什么，甘地说：如果有人正好从铁路旁边经过，他就可以捡到一双鞋，这或许对他是个收获。

甘地给了自己扔鞋子的选择，也给了别人捡鞋子的机会，而大多数人都只会抱着没有用的鞋子懊丧。

我不知道 Y 最终会做怎样的选择，但我明白紧握旧船票的人，永远只能看着生活的千帆过尽。

谁是你的爱情合伙人

几年前，一位女朋友结婚，婚礼前的单身派对上，她眼中闪耀着无限憧憬对大家说："终于找到了我宁愿放弃全世界都要和他在一起的男人。"在场的朋友都为她的话感动，觉得她真的遇见了对的人，可是，我心里却咯噔一下，总感到哪儿不对劲。

事实证明，她的爱情确实是场放弃全世界的过程。

丈夫不喜欢她在工作上投注太多精力，她便申请了若有若无的闲差，安心做个以家庭为中心的女子；丈夫不愿意家里有陌生人，她便放弃保姆和家人的援手，连闲差都不做了，在女儿出生后当了相夫教女的全职太太；丈夫不喜欢她身边那些精气神特别足的女朋友，担心她被她们带得心野了，她便慢慢逐一失联，把自己小世界的领地越缩越小，直到电话本里只剩下不到二十个名字。

她第一次觉得自己的世界缩小得难以为继，是丈夫从邮箱里发来一份清单，这份家庭账单涵盖了衣食住行各个方面的分月开销，一看就是专业人士做的 Excel，附注了银行信用卡的消费截图，一切都在向她无声示意：我为这个家花了多少钱。

作为她电话本里剩下的二十个人之一，她在倾诉的结尾哭着对我说："我为他放弃了全世界，为什么却得不到他的世界呢？"

我也终于想明白了当年咯噔的原因：一个真正爱你的人，不会要求你为他放弃全世界；而一个你放弃全世界之后才能得到的人，根本不是爱人，那是自私的要求者。而好的爱情，彼此都是对方的合伙人。

作为爱情合伙人，我们首先平等而自由，不会要求对方为自己改变和放弃什么，我们最先想到的，是能够为对方提供和支持什么；我们在一起彼此都变得更加进取和美好，1+1>2，共同分享着爱情的收益和红利；我们把感情折算成股份不是因为要确定谁多谁少谁输谁赢，而是为了发挥彼此的优势和特点，在生活中共赢，把日子过得越来越宽广，最终上市走向婚姻。

实际上，爱情不是两个最优秀的人强强联手，而是两个最合适的人抱团取暖，满足彼此的愿望与需求，活出比单个人更好的未来。它不是单一的付出，而是双向的扶助。

所以，没有人值得我们折断翅膀，需要自残，需要刻意用心理和生理去取悦的对象，都不是对的人。

曾经，我们讨论为什么林徽因最终嫁给了梁思成而不是徐志摩，现在看来，在漫长的人生中，梁思成和林徽因才是最适合的爱情合伙人。

林女神自恋，常常夜晚写诗还要点一炷香、摆一瓶花、穿一件白绸睡袍，面对庭院中的满池荷叶，在清风飘飘里吟咏。梁思成不仅忍了，还用一周时间雕刻、铸模、翻砂做了面铜镜，镌刻"林徽因自鉴之用， 民国十七年元旦思成自镌并铸喻其晶莹不玼也"。对于她登峰造极的孤芳自赏，他既没有打击也没有夸赞，而是一唱一和。

梁思成有点死板有余变通不足的书呆子习气，爱国心和事业心都特别强，战乱中她就拖着病弱的身体随着他逃亡。她一星期来往四次走将近十公里路去云南大学教英文补习，一个月挣四十元法币贴补家用。可是，梁思成测量古建筑的皮尺丢了，她便瞒着他，毫不犹豫在黑市花二十三元高价另买了一条送他。她的爱和体谅不仅仅在优渥家庭的客厅里，也在颠沛流离的路上。

逃难时，为了方便林徽因治病，梁思成学会了输液打针，不厌其烦地把医疗器皿用蒸锅消毒，然后分置各处一丝不苟；为了让她暖和点，他经常亲自侍弄火炉，生怕别人一不小心弄熄了火。他的关心从来不是嘴上功夫，而是实实在在的体贴。

在李庄，不擅家务的林徽因生着肺结核，喂鸡带孩子缝衣服，虽然缝缝补补对她来说，也许比写一整章关于宋、辽、金的建筑变迁，或者描绘宋朝都城还要费劲得多，但是，她愿意把更多研究学术的时间让给丈夫，这是她最有效的支持。

两人的女儿梁再冰说："我的父母是长期的合作者，这种合作基于他们共同的理念，和他们对事业的献身精神。"

没错，这就是最合适的爱情合伙人，就像梦露说的，如果你无法接受我最差的一面，也不配拥有我最好的一面。而他们，都坦然接受了对方最好和最坏的那一面，并不要求对方违心拗成自己喜欢的造型。

所以，爱情成功的人，双方中至少有一方，似乎也必须有一方是不错的人际关系专家。两个自恋固执不懂协调的人在对方面前可着劲儿地展示自我，用尽力气把个人利益最大化，得到的多半是否定。爱情合伙人里至少有一个人懂得协调自己与对方的需要，能够在情感中合作，彼此的爱情才能走下去。如果遇上知情达意的另一半，知道配合与唱和，爱情就能走得好。

于是，当我们看到两个人恋爱成功相互选择，大多意味着，他们学会了适应彼此。

而如今，身边这样的女子似乎越来越多：职场上很能干，爱情上总挫败，于是掩藏内心的柔软，打点起一副坚强模样；或者在受过几次感情的伤遇到几次不靠谱的男人之后，逐渐对爱情失望，努力让自己刀枪不入，觉得动感情是一件多么傻的事情。

周围这样的男人貌似也逐年增长：屌丝的时候唯恐被生活扇巴掌，小心翼翼选择当时性价比最高的女人，心里却觉得吃了亏；而一旦有机会经济上翻身便严防死守得陇望蜀，小三小四找不停，还生怕女人看中的是自己的钱。说实话，女人愿意图上你的钱总比觉得你什么都图不上强吧。

当男男女女都对爱情失望，实际上，错误的不是爱情，而是没有找对爱情合伙人。

女人不要总想着驾驭谁，被人驾驭的时候顺其自然适应，与世界握手言和是最幸福的。

男人不要总想着征服谁，被人征服的时候心甘情愿配合，柔情未必不豪杰是最美满的。

　　唯有如此，爱情才有合伙的可能。

　　我多么希望结尾这句精彩的话是我说的，但为了尊重原创版权，我必须说明，它来自我喜欢的情感作家连岳。

　　爱情是最柔软的命门，可偏偏是它，让我们不再害怕这个有杀伤力的世界。

完善的爱情像一场拼图游戏

拼图是女儿最喜欢的游戏之一，对我却是挑战。当了妈妈之后，我发现很多孩子玩得很好的项目，成人却未必更强，拼图就是其中之一。

乱糟糟的几百块，形状颜色大同小异，根本看不清楚端倪，却偏偏考验人的耐心，要把它们合乎逻辑地拼成一幅完整的图画，小朋友沉浸其中，大人却难免焦躁。

我看着她不慌不忙地挑选、比对、安放，每每成功一次，嘴角便情不自禁欣喜上扬。这个游戏她玩得段位渐高，从原来拼几十块都会着急，到现在心平气和拼完几百块，循序渐进每天完成一点，不躁不慌。

我曾经想在这个过程中帮助她，自告奋勇地帮忙，可是，经历了几次越帮越忙之后我决定还是让她独立完成——再小的孩子也有自己的逻辑和观察，除非她求助，否则，我的帮助更像打扰，扰乱了她原先的选择，一块不慎，全图进展缓慢。

于是，她拼图的时候我就拿本书坐在她身边，她需要时，我放下书和她一起寻找最合适的那块；她进展顺利时，自由沉浸在她的拼图世界，我不声不响在我的书本里散步，彼此陪伴却不干扰。

有人问我完善的感情是什么样子，以往我总觉得形容起来有点困难，和孩子一起拼了很多次图之后，我逐渐觉得，找到相对完满的感情很像一场拼图游戏。

观念、思想、背景、条件都差不多的男女，一次次地接触、沟通、对比、衡量、拿捏、冲突、困惑、辗转、腾挪、修正、改变，只为找到某一块可以严丝合缝的积木，彼此嵌入，拼出完整的生活。

可是，这并不容易。

麦克阿瑟在晚年时自我总结，一生中犯了两个最大的错误：一是出兵朝鲜晚节不保；第二个，就是曾经娶错了老婆。

1921 年，麦克阿瑟在西点军校当校长时认识了布鲁克斯，这个姑娘是英国护国公克伦威尔的后代，典型的白富美，据说，那个年代个人资产就超过一点五亿美金。演讲过"老兵永不死，只是渐凋零"的麦克阿瑟是多么骄傲，可是形容第一次见到她时却说："仿佛顷刻间世界在脚下裂开，我像一只中弹的小鸟，从树上跌进了深渊。"

第二年情人节，两人闪婚，美国媒体报道的标题是："战神"与"财娘"的绝配。

可是，看上去的绝配却未必般配。过惯了贵族歌舞升平日子的布鲁克斯非常厌恶枯燥的军旅生活，她反复唠叨麦克阿瑟退出军界去经商，被"战神"断然拒绝，"财娘"觉得经济基础决定上层建筑，屡次强行改造未果，七年后分道扬镳。

曾经的绝配于是成了麦克阿瑟回顾一生时懊丧的巨大错误。

有的时候，两块拼图从各方面初看都很合适，仔细观察、反复磨合却偏偏不是你需要的那一块，不是转角缺了点，就是斜坡太长，总之，不合适也不能硬来，勉强放到一起，不仅站错了眼前的位置，还影响全局的服帖与平顺。

就像爱情里那个完全不能将就的人，凑合了眼下这一会儿，往往付出未来若干年，甚至一辈子的代价收拾错局，与其将来劳心费力，不如现在不落那招谬棋。

有的时候，当局者迷，总是出错，总是看到相似形状，拿来一试才发现不对，根本拼不到一起，那就再换一张。不至于急得满头大汗硬把不合适的往一块儿凑，拿错的东西趁早换掉，未到时机急也急不来。

这一点，孩子常常比大人做得好。他们心底没有固定答案，心无预设就不会固执，不会把一块不合适的拼图强行摆到不对的地方。他们很快发觉手上的拼图不是最恰当的那块，迅速放下，继续寻找，直至找到真正匹配的那个。

就像爱情中，会失去的都是不对的人，对的人你不会失去他。

正确的事情往往比较简单，只有错误，才会折腾出百转千回的纠结。什么是好的感情？至少，好的感情是让人愉快的感情，那种死去活来彼此折磨的所谓爱情，或者是没有找对对象，或者是没有找对相处模式。

对的爱情，通常都不会太辛苦；让人欲罢不能的痛苦，大多是漂亮的错误。

就像天空、氧气和水，生活的必需品哪里需要跋山涉水去寻觅，只要走出房间，站在自然中就能拥有和得到。犹如拼图时得来全不费功夫的那一块，没有上下求索的吃力，图案、锯齿、边角都那么适合，轻轻一放，严丝合缝，立即完整。

拼图的时候需要别人的帮助吗？未必。

你有你的逻辑和步骤，别人有别人的章法与方式，两两叠加并不总是拨云见雾一派澄明，也可能犹如同时演奏两种不同的乐器，丝竹暗哑杂音交错，再也听不清来路和去路。

那么，爱情里别人的意见重要吗？真的不一定。

别人不是你自己，未必了解你的需求和思索，那些点点滴滴最真实状况，只有自己了然于心，那些纵横交错不能说的秘密，只有自己才能找得到答案。

别人的意见，亲人爱极生乱，路人隔靴搔痒，所谓的指路明灯通常只在自己心里。

拼图有完成的时间限制吗？今天拼不完明天再拼，明天拼不完还有后天，甚至，卡壳的时候放一放，前几天山穷水尽，隔几日却柳暗花明的事情太多，不钻牛角尖是最好的心态。

爱情有最好的时间吗？二十、三十、四十、五十的爱情哪有什么本质区别，最多是不同年龄段对生活与对方的要求差异，本质都是找到合适的人一起往前走。

那么，何必拘泥那个对的人是出现在二十岁、三十岁还是四十岁或者五十岁呢，何必给爱情设定一个必须完成的时间段呢？

1935 年 10 月，五十五岁的麦克阿瑟在去菲律宾赴任的轮船上邂逅了琼·费尔克洛斯，一个三十五岁当年被称作"老姑娘"的女人，世事轮转，第一次见到麦克阿瑟，琼成了"中弹的小鸟"，以及野马的草原。

和第一次婚礼相比，麦克阿瑟的第二次婚礼完全称不上"盛大"，可恩爱却是细节。他叫琼"我的老板"，琼叫他"我的将军"。琼从来不干涉他的事业，甚至还鼓励他去跳舞——麦克阿瑟是著名的舞林高手，在西点军校上学时，曾经创下同时和八个情人约会的记录，匪夷所思的是，和琼结婚后，他居然主动戒舞了。

1938 年，五十八岁的"战神"第一次做了父亲。有张一家三口走出机舱的照片，他让妻子和儿子站在身前，自己后盾一样护卫着家人，不太需要表白和备注，但是，看过的人都会明白，那就是"家庭"的感觉。

1941 年，菲律宾即将被日军攻陷，麦克阿瑟原本安排琼和儿子先撤退，但是琼坚决反对，她扬着下巴说："我的将军，无论什么时候，我们三人永不分离。"那恐怕是久经沙场的硬汉人生中屈指可数的几次热泪盈眶之一。

确实，两人有生之年再未分离。

我不太敢设想，如果二十五岁的麦克阿瑟遇到琼这样平凡的女人会有怎样的结果，或许他的眼光根本停留不到这个普通女人身上；如果是琼呢，她二十五岁就会具备后来的豁达、信任和坚定吗？

很多特质，都是时间的积淀。

太急没有故事，太快成了事故，宁愿慢一点，缓一点，克制一点，耐心一点，才能在生活的长局里找到最适合自己的那块拼图。

就像孩子的手在拼图间灵活触碰，不嗔不怒不贪不倦，或许，这才是爱情与生活本身的面貌。

纵 然 你 再 好 ，
也 是 我 不 要

某个阳光明媚的下午，一个软妹子歪着头，困惑地对我说："我见过很多优秀的男人和女人，他们把自己修炼得那么好，为什么找不到相爱的人一直单身呢？"

她的话让我想起我还是个软妹子的年代，遇到的那些优秀却单身的男女。

大学里，我们话剧社美女如云，最好看的学姐却一直单着，不是没人追的剩下，而是被一个在我们看来帅炸天的学长猛烈追求却自动屏蔽。学长不仅颜值高，穿衣还特别有品，不像同龄男生大多一副没长开的样子，他往女生宿舍楼前一站，很多姑娘的眼神就自带荧光棒。可是，送花送水折腾大半年，学姐依旧不为所动，学长只好偃旗息鼓。

有一次，排练完了，我好奇地问学姐："你为什么不和那么帅的学长在一起？"

她一边换鞋一边不屑地说："我最讨厌男生把时间都花在穿衣打扮上，头发梳得苍蝇挂着拐杖都爬不上去，有意思吗？我从来只喜欢学霸，不喜欢帅哥。"

我心里替学长哭半天，一腔热血用错人，如果他追求的是外貌党女生，对方早就感动得哭天抹泪投怀送抱了吧。可惜，在一个自己就很好看的人面前，美貌压根不是稀缺资源，他的优势打动不了她。

学姐后来的恋爱对象，是我们学校对面中国科学技术大学机械工程专业的黄冈地区理科状元——黄冈的状元啊，那个年代谁没有被黄冈试卷折腾到想罢考的经历？所以，对方是个名副其实的学霸，样貌平淡无奇，标配了一副眼镜，总是夹着一本书，沉默寡言来去匆匆。但学姐看他的眼神就像仰望男神。毕业后，两人双宿双栖去了德国，现在，她是两个孩子的妈妈。

"当我足够好，才会遇见你"是情感定律之一，却不是唯一。

还有一种感情叫：纵然你再好，也是我不要。

爱情是世界上最无法计算投入产出比的关系，也是最无法用条件"好"与"不好"来衡量的关系，每一对看上去不搭调却愉快生活的伴侣，心里都有不为人知的一杆秤，对方是唯一的、沉甸甸的秤砣；而每两个看上去和谐却无法靠近的男女，都有各自独立的评价体系，那个貌似正确的人在这个隐秘系统中总是拿不到高分。

你觉得郎才女貌，我却认为你的智商和我根本不在同一个水平线上；你觉得门当户对，我偏偏喜欢不靠家底自己奋斗脱颖而出的男人；你觉得琴瑟和谐，我却不能忍受你爱摇滚我喜欢古典音乐；你觉得你是温柔暖女，抱歉，烫到我了，我只爱独立自强能照顾好自己的女人。

你给的，不是我想要的。

你有的，不是我需要的。

你的优秀和我的需求不匹配。

蒋经国曾经爱上戏曲名伶顾正秋，为了追求她，他情愿做个超级粉丝，不仅在永乐戏院包下 VIP 专座，更是每出戏结束都会以款待剧院的名义设宴招待，甚至，他认真动了离婚娶她的念头。可是，顾正秋完全不为所动，她嫁给大自己十七岁的台湾财政厅长任显群。

新婚不久，任显群即被以"明知为匪谍而不告密"的理由判处有期徒刑七年，被囚禁期间，蒋经国派人把顾正秋"绑架"到饭桌上。她不着一语，不收任何礼物，甚至，这个台上风光无限的女人，变卖了华服首饰，沉默地过起幽居生活，只在每个探监的日子风雨无阻去监狱看望丈夫，除了为他送饭，几乎足不出户。

直到蒋经国失去打扰她的兴趣，直到丈夫出狱。

蒋经国的财富、地位和爱情，在顾正秋面前完全无效；戏子无情的定论中，她也是个异数。她并没有爱那个看上去条件那么好，几乎可以给她一切的男人，而选择了她内心真正热爱的男人，那个人可以和她一起隐居田园，过悠游自在的日子，而不是日理万机，连陪爱人散个步吃顿饭都是奢侈。

我们总是固执地认为爱情中另外一个人可以被感化，用自以为是的方式亲近对方，对对方"好"，却忽略了对方真正的需求。

渴望陪伴的人，给她住再好的房子银行卡里有再多的数字都不足以抚慰一个人的孤独；喜欢奢侈的人，给她你全部的热情、关爱和疼惜，都抵不上别人一件名贵的礼物；向往自由的人，给他最紧贴的拥抱和最密不透风的爱护，只会让他像掌心里握得太紧的沙子一样迅速逃离；把事业视为生命的人，痴缠的要求和需要小心伺候的公主病，是他永远担当不起的负担。

我们需要的，都是那个刚刚好的人。

他或许没有别人体贴，却给了我渴望的自由；他或许没有别人富有，却给了我足够的爱与尊重；她或许没有别人美貌，却给了我最踏实的拥抱；她或许没有别人细腻，却给了我坚定的依靠。

爱情不完全是外在条件的一对一比较，更是内在心灵的一比一契合。

不仅仅是门当户对的出身，更是棋逢对手的智慧。

不局限于人无我有的稀缺，更在于你出现在最恰当的时候。

用对方能接受的方式爱一个人，比用你觉得正确的方式爱一个人，更有回应。

我对困惑的软妹子说："优秀是个相对论，不是每一个优秀的人，都必须爱另外一个优秀的人。两个不在一个频道的男女，即便再优秀，也永远无法接受对方爱情的信号。"

能够用正确的方式和姿势爱我们爱的人，让他们顺利接收来自我们的爱情的信号，也是爱情真正的修炼。

 扫一扫，收听有声版

成 长 比 成 功 更 重 要

去 了 解 世 界 有 多 大

我不知道你是否曾经和我一样。

青春无畏，大步流星向前走；努力认真，觉得世界有无限可能；投入地去爱，觉得失去那个人，一切都没有意义。

因此，对于与自己不同的人和事，本能地质疑和排斥；对于和自己相悖的观点，即便脸上保持礼貌的微笑，心里并没有留下多少空隙容纳分歧；对于一段恋情的失去，整个人都黯淡无光。

那时，常常很用力地觉得：我是对的。

也往往预设评判：别人怎么可以这样。

还每每自我质疑：有没有力气继续爱。

2006年，我工作的第五年，职业发展遇到很多困惑，纠结却找不到答案的时候干脆打个封闭，去了我梦想中的目的地埃及。

一路舟车劳顿。

在迪拜转机便是六个小时，三百六十分钟里我转遍了机场的每一个角落：坐在咖啡厅看着各种肤色的人拖着箱子打着电话匆匆来去；

在金饰柜台偶遇传说中的阿联酋富豪带着四个太太一群孩子拎着从 A 到 Z 的名牌包包豪掷千金；在候机大厅看到实在困得忍不住的旅客席地而坐，倚着箱子沉睡；奢侈品店里满是中国各种方言的"好便宜"；还有包裹在西装里的商务客人永远不知疲倦地在键盘上敲字……

转机的六个小时，像一场微缩版的情景剧，每个人陌生又熟悉，仿佛在生活里都可以找到类似的模板，又像洒落在世界各地的种子，生根、发芽、破土、开花、凋零、结果、枯萎、再生……而光景的丰富，正是在于自己和别人都以不同的姿态生活，各种可能性与差异化构筑了世界的丰饶。

在这种丰饶面前，一己的悲欢格外渺小。

说实话，还没有踏上埃及的土地，我的困惑和矫情就好了一大半。

在开罗博物馆，我特地额外买票进入法老木乃伊展室，小时候在历史书里看到的那些名字就在眼前，包括拉美西斯二世（Ramisis II）、赛提一世（Seti I）、图特摩斯二世（Tuthmosis II）等等数千年前就让世界颤抖的人。

我在红头发的拉美西斯二世木乃伊前歪着头站了很久，脑子里满是他修筑的那些伟大建筑：卡纳克的圆柱、卢克索的神庙、孟菲斯的巨大雕像，以及王后谷他写给最爱的妮菲塔丽王后的诗："我对她的爱独一无二，从没有人取代她，她是世界上最美的女人，只是轻轻经过我身边便偷走了我的心。"

他的爱炽烈到她去世后他娶了和她长得最像的大女儿——古埃及为了保持王室血统纯正，全部近亲结婚，父亲娶女儿、姐姐嫁弟弟稀松平常，没有乱伦的概念——他为她修建最壮观的王后神庙，拉着她的手走入史册和石雕，就像埃及版的唐明皇与杨贵妃。

隔着千年尘埃的木乃伊展览室像一架时光穿梭机，我所有的纠结不治而愈。看过了世界之大历史之长，自己那点小情小爱小悲小喜在浩瀚的时空中实在算不上什么。

谁又能拥有充满惊喜的生活呢？

永远健康不唠叨的父母，财貌双全善良无敌明明有好多人追求却偏偏只爱你一个的另一半，聪明懂事不哭不闹的孩子，善解人意永无分歧的闺蜜，步步高升劳动量还不大的工作，这些，在现实中同时存在的概率几乎为零。

我们时常羡慕别人，走近了才知道，绝大多数人的生活其实都是千疮百孔一地鸡毛，能拿出来给别人看的，往往加了太多修饰。过得好不好，能不能想得开，更多是自己内心的感受。

而我们总是站在一段事情里，被事情本身蒙蔽，为了一个人、一件事、一段情绞尽脑汁不得安宁。

世界太大了，多走一点路心胸自然开阔，能承受的委屈、包容的分歧、忍耐的痛苦、想通的纠结，必然呈几何式增长。

这次埃及旅行，让我给自己定下新的生活目标：每年至少去两个国家，看看世界有多大。

为了这个看世界的目标，我的工作和生活也做了很多调整。

原本我从不请年休假，觉得召之即来来之能战是优秀员工的基本功，现在我认为会生活与会工作同样重要，全心全意玩出花样的人，也能专心致志完成任务；原本我觉得当了妈妈还想着四处玩有点不负责任，现在我认为走过的地方越多，心胸越开阔，向宝宝描绘的空间也越大；原本我喜欢和另一个人厮守，现在我更乐于邀请对方一起出行，玩不到一块的人通常也过不到一块，旅行是检验三观相合的重要时机。

于是，这些年，我的很多观念被旅途中的人与事改变。

在尼泊尔泡脚，足疗师突然拨通电话一定要求我跟他太太说话，他向太太保证过每晚九点前必须到家，加班要有客户证明。我从前觉得电话查岗特别无聊，但是一个男人对自己的承诺如此守信，让我刮目，发现查岗也能查出点眉目传情的小清新吧。

冬天的印度北方，气温低得和中国北方差不多，戴大金表大钻戒的土豪向我借暖宝宝。本来最鄙视露富的土豪，几片暖宝宝借下来，几场大餐吃起来，发觉人家也是诚实劳动合法经营，只不过先富了，土得可爱豪得爽快。

西班牙遇到拖着全家老小旅行的辣妈，染成银色的BOBO头抽烟喝酒，我本能排斥不是同类，她揶揄："你以为长着夜店脸的都不是良家妇女吗？"对啊，良家妇女有多种，何必都在贤惠这一棵树上吊死？

每次旅行回来，都会更加强化两个想法：

首先，宽容自己和别人都以不同的姿态生活，对周围人与事不要有那么多大惊小怪的"啊，怎么这样"，多一点充满感叹和善意的"哦，原来如此"。

其次，梦想的价值不在于让人飞得有多高，而是给人一个底线，让我们在无望与黯淡的岁月中依旧心怀期盼，不至于跌得太低。

所以，走过山水，心中自有波澜；走过丘壑，心中自有高低。

知道世界的广阔，才不会把自己的困扰、情感、憋闷太当回事儿，生活是个太大的多项选择，亲情、爱情、友情、事业、健康、爱好等等，都并不是唯一的答案。

扫一扫，收听有声版

改变我们命运的重大时刻

十几年前，当我还是个菜鸟记者，自以为是地总结了采访中的几个常规提问，专门在原先预备的问题用完了或者暖场时提，期待有包治百病屡试不爽的效果，比如问企业家：您人生中特别重大的一次转折是什么时候？最艰难的时期想到过放弃吗？

可是，这样的问题用了没几次就失灵了，采访对象笑眯眯地坐在我对面反问我："请问改变你命运最重大的时刻是什么时候？"

我被问住了，在我尚未华丽丽铺展的人生中，哪有这么重大的时刻？

于是，她换了个问题："你大学时学习之外打过工吗？打工对你有什么影响？"

怎么没打过呢？太问到我心坎上了，于是我们聊起来。

从大二开始，我就过上了半工半读的生活——因为大一的每个月，我都提前花光了父母给的充裕的生活费，每次支取生活费的时间都比上个月早，然后回家蹭吃蹭喝，导致金主夫妇认为我财商太差，亟需提高，二人像美国父母一样告诉我："你已满十八岁，从现在开始我们每个月负担你一半的费用，其余自己挣。"

虽然不敢相信，我还是识时务地接受了他们的残忍，提前走上半自立生活，打什么样的工、工资多少就直接决定了我的生活质量。

有一次，某著名品牌红酒到学校招收兼职促销员，开出了当时我们看来的天价薪水：1998 年的秋天，每周工作三个晚上，工作时间六点半到九点，时薪人民币十五元。此外，一个红酒瓶盖提成六块钱。

我算了一下，当时父母每个月给五百块生活费，减半后成了二百五十块，而这份工作不仅不需要占用多少时间，一个礼拜就算一瓶酒都卖不出去，保守工资也有一百一十二块五毛，俩礼拜就挣够了余下的生活费，太划算了！

于是，毫不犹豫地报名。

培训时，厂家拿出他们的工作服——一件大红色旗袍，一看就是迎宾的那种，还有一条印着厂家名称的正红色黄穗穗绶带，还要求化妆，我瞬间石化，难道要穿这么隆重？

我跟负责人说绶带可以围裙子不能穿。

负责人回答这是工作规定。我说要不你让我试三次，如果不穿制服不能把酒卖出去我就穿，这样的衣服和我们的学生身份太不搭调。

他是个很开通的人，想了想便同意了。

我把产品手册拿回去仔细研究红酒的产地、特点、企业情况，正式"上班"时，我穿了牛仔裤白衬衫，扎了马尾辫，稍微化了淡妆。

我工作的酒店经营精致湘菜，一共十个包厢，大厅另有十几桌，每个包厢一名服务员，我需要掐准时间在客人刚刚点完菜考虑酒水饮料的时候接上话头推荐我们的红酒。

工作第一天，我先和十个包厢的服务员以及大厅服务员交了朋友，都是年龄相仿的女孩。她们起初觉得大学生形象高冷，看到我这样被生活所迫出来打工的菜鸟女大学生，很快共鸣并且嘻嘻哈哈打成一片。贴心的她们，会在最恰当的时间把我叫进包厢，不错过每一次可能的推荐时机。

而我印象最深刻的，是第二次工作时遇到的客户。

服务生小姐妹把我叫进包厢时，主座的儒雅中年男正在跟客人们商量喝什么，我立刻推荐了红酒，他反复打量我的绶带，问："你是促销员吗？"

我说我是兼职促销员，今年大二。

他问我为什么勤工俭学做这个。

我说工资高工作时间少不耽误学习和玩耍。

他问我一天挣多少钱。

我说每小时十五块，一周三天，一天两个半小时，此外一个瓶盖提成六块钱。

他问我学什么。

我说中文。

桌上一位客人笑起来，说你把李白的《将进酒》从头到尾背一遍，我们十个人可以喝三瓶你的红酒。

这是我强项啊，我倒水似的开始嘚啵：君不见，黄河之水天上来，奔流到海不复回。君不见，高堂明镜悲白发，朝如青丝暮成雪……

背完了问：还要附赠《蜀道难》么？

这个包厢为我贡献了三个瓶盖。更没有想到的是，主座的人后来推荐我做了他侄女的课外辅导老师，教作文。此是后话，当时他们还成了我的老客户。

一个月的促销员工作，我在记账本上记下第一笔工资一千零五十四元：四百五十元基本工资，八十四瓶酒提成五百零四元，业绩第一奖一百元，以及，不穿工作服的优待——业绩第一奖是因为发动了酒店所有人帮我卖酒，提成给她们，我只需要冲销量。

工作后想起那段经历，意外地发现它居然至少对应了四条职场基本法则：

一、精准的个人定位。

二、团队的力量。

三、差异化营销。

四、维护老客户比开发新客户容易得多。

当年，我跟自己的采访对象滔滔不绝倾诉，讲完就后悔了，喝着人家的茶吹着人家的空调浪费着人家的时间讲着自己的破事，我特别不好意思地抱歉。

她挺开心地笑："你那问题把我逗乐了，什么是人生中特别重大的转折？再重要的时刻也是因为你之前做足了准备，功夫都花在看不见的地方，你那段看似不务正业的勤工俭学对现在的工作难道没有帮助吗？"

我才知道，她原本是历史专业的研究生，意外走入商场，而谈下最重要的一笔生意，居然是因为客户对中国历史特别感兴趣，从夏商周到元明清，从尧舜禹到清十三帝，聊了很多次产品和若干次饭局，在竞争条件几乎同等的情况下，她胜出了。

我现在还记得她对我说："大学时代我就觉得学的课程都没有用，除了当历史老师还能做什么，总想学点'有用'的东西，工作不好找就考研，至少提升了学历。只是，我没有想到曾经被我看做'无用'的专业成了业务的临门一脚，就好像在某一个不起眼的时候遇见的不起眼的人，做过的不起眼的事，或许会成为影响深远的机会。只是，人不能功利心太重，太计较得失和每一天的意义反而与机缘擦肩而过。"

请问什么是改变你命运的重大时刻？

后来，我再也没有问过这样的问题。

谁的生活不是由无数看似平凡、无用、琐碎的瞬间构成？谁的变化不是从点滴的量变积累，最终产生破茧成蝶的质变的力量？

不用期待命运在某个瞬间被突然扭转，那些改变我们人生的能量，就在普普通通的每一天。

保 持 向 上 的 姿 态

朋友知道我喜欢梁凤仪。

她是华人世界最富有的才女，一支笔打造出几亿资产——成功创业、才华横溢、嫁入豪门，女人所有的梦想，她几乎都实现了。

她开公司，1977 年创办碧利菲佣公司，为香港家庭引进菲律宾女佣，成为香港社会史上很重要的一大创举，三年净挣九千万；2004 年由她一手创立的勤＋缘媒体服务有限公司上市，她宣布封笔从商，2006 年转售自己部分股份，套现 2173.75 万港元。

她写小说，十年出版超过一百部，仅仅 1989 年创作第一年，就分别在四月、六月、九月、十一月出版了《尽在不言中》《芳草无情》《风云变》《豪门惊梦》四本小说，封笔前总共写了一千多万字。

她选择爱的人结婚，丈夫黄宜弘是香港商界翘楚，出身显赫，商誉极好，不仅担任香港永固纸业有限公司主席、合兴集团副董事长、金利来集团及亚洲金融集团董事，同时还是全国人大代表、香港立法会议员、香港中华工商会副会长，投资遍布世界。

梁凤仪的第一本小说名叫《尽在不言中》，出版时她已经三十九岁。那时，她的第一次婚姻结束，一个年近不惑的离异女子，因为厌倦不同派别的办公室战争而离职，等待她的会是什么呢？让人大跌眼镜的是，一年之后她不仅成功加盟永固纸业成为董事，并且重新开始了一段相濡以沫的恋爱和婚姻。

朋友问我，如果梁凤仪没有后来"逆袭"的成功，没有嫁入豪门，就是个普普通通的中年妇女，你还会佩服她吗？

我也很认真地说，即便她是一个平凡女性，我知道她的经历依旧会打心眼里佩服——仅仅她敢于三十九岁辞职挑战新领域，并且一生不肯与自己不喜欢的人合作，就已经让我刮目。

甚至我深信，从来没有什么所谓的"逆袭"，那些柳暗花明的转折，都倚着背后"尽在不言中"的执着。

"逆袭"是现在很火的一个词，被它形容过的女人有还清赌债母女复合的蔡少芬，被渣男甩被暖男爱的洪欣，嫁给比自己年轻近十岁小鲜肉的贾静雯、伊能静，还有波兰那个变身名模的女清洁工。

男人有送瓦斯卖粉丝终成歌坛大哥的李宗盛，被太太养了六年拿到奥斯卡奖的李安，从武术指导升格金像奖影帝的张晋，因为饰演《花千骨》男二号而大红的洪欣老公张丹峰。

确实，"逆袭"是个特别讨巧的戏份，非常能够满足观众扬眉吐气的即视感，那种善恶各有报的如愿，就好像衣锦还乡的灰姑娘终于闪瞎了后妈的眼，白雪公主最后嫁给王子气碎了恶毒皇后的心，这些故事，都让善良的人们觉得生活美好，黑暗短暂，风水轮流转。

可是，那些走过黑暗的人，往往不是凭着"总有一天光明会来到"的天真，而是做好了"或许永远都不会好起来"的决绝，所以，他们才能够保持耐力、精力和体力与黯淡的生活长久共处。

第一次婚姻失败后一年多的时间里，梁凤仪陷落在"全职悲哀"中，几乎一天二十四小时都在为离婚情绪低落，晨暮交接，昏睡和清醒之间，知道又要面对不可挽回的现实，内心灼痛。

一个传统家庭出身的女子，一生都把首次婚姻没有白头到老当作人生遗憾。难得的是，即便如此，她和前夫何文汇也没有形同陌路，他让她洞悉了自己的弱点和错误，他们把对旧伴侣的感念转变为亲情，梁凤仪小说封面上的书名，大多由何文汇题字，当她的作品被改编成电视剧时，很多主题曲由何文汇填词。

梁凤仪的父母甚至在遗嘱中写道：不管以后何文汇是不是我们的女婿，他都是我们遗产继承人之一。

多年后，梁凤仪谈到这段前情，说了六个字：情已远，恩尚在。

懂得反省和感恩的女子，做什么都不会太差。

而她和黄宜弘的婚姻，却是被一场灾难加速。

独居的梁凤仪回家后遭遇两个蒙面绑匪的侵袭，周旋近八个小时终于被释放。此后，绑匪打电话勒索，她不断拖延时间，让警方追踪到隐匿位置将绑匪抓获。

她全程没有掉过一滴泪。

相反，从美国出差回来的黄宜弘闻讯后，却落了泪："男人爱女人，就应该有能力保护她。我没有做到，所以我不配说爱你。"绑匪被公审时，黄宜弘坚决不让梁凤仪去法庭，不愿意她记住坏人的相貌成为终生阴影，他说："我去盯着他们，看清楚他们的模样，保证以后绝不让他们接近你。"

他说到做到，放下手头工作每次开庭都坐前面盯着绑匪，连续两周，直到审判结束。

她后来说："感情需要经过能表现品格和深刻地爱护对方的难忘事件孕育出来，才值得生死相许。"

这场磨难，加深了两人的依恋，相恋数年之后终成夫妻。

感情上的良性循环激发了她的创作才情，她开始创造另一个奇迹：每天写一万五千字的小说，每个月出两本书。

在很多人每天阅读量都达不到一万五千字的时候，她居然能够每天创作一万五千字，同样以码字为职业的我深知其中的劳动量，至少，这个天文数字我做不到。

所以，看看那些逆势而上咸鱼翻身的人吧，他们其实都特别善于把命运踢过来的冷板凳坐热。

他们在生活抛物线的底端积累了足够的能量，屏住气慢慢释放，踩过那些坑坑洼洼的小路，把自己送到高速公路入口，再铆足了劲儿全力出发。

他们把痛苦像糖一样吃掉，在最艰难的时候还能对着世界微笑。这样的人即便达不到通俗意义上的"成功"，也足以令人尊敬，那种就算"墩个地洗个碗"也比百分之九十的人优秀得认真和坚持，最终让他们释放出光彩——优质普通人温婉的光芒，或者明星们耀眼的灿烂。

所以，这根本不是"逆袭"，而是他们顺理成章应该有的收获，也是平凡的日子中自然而然的轨迹，只是，这种反转从来不是等来的。

幸运与不幸都像多米诺骨牌，有人天生具备把好运气延伸下去的能力，有人后天拥有止损抗摔的能力，那些"逆袭"的人，惊艳我们的并不是他们的成功，而是他们始终保持的向上的姿态。

我们成不了优秀的别人，
却可以做更好的自己

我曾经觉得演员是个神奇物种，他们天生多才多艺，一个会演戏的人，似乎唱歌、跳舞、曲艺、小品、乐器、相声，十八般武艺样样都行，随便搁在哪种镁光灯下，站着不动都起范儿。

直到听王珞丹说起自己学舞蹈的经历，我才暗爽地发现，除了那些生下来就为了气我们的"别人家的孩子"，实际上，各行各业中更多的都是缺少天赋的"笨人"。

她说：我六岁第一次站在舞蹈室中央，我妈送我进门，很用力地看了我一眼，这一眼信息非常庞大，包括了——孩子啊你从小到大撒野撒得我本来都麻木了，但很快要上小学了，还是希望你最后一搏做个知书达理跳舞棒棒的好姑娘，妈妈爱你，你要是不好好跳，今天晚上你就跟你爸一块吃素菜，看完新闻联播就去睡觉，懂了吗？

我懂了，所以脚步特别沉重。老师教我们平转，所有小朋友都能按照轨迹旋转，只有我转得跟没头苍蝇一样，满教室十来个同学，快笑弯了腰，这个"笑声"一下子就砸碎了我对天赋的幻想。于是，从六岁起，我很清楚自己一旦舞蹈，就会听到鼓掌似的嘲笑声，当时我放弃了学习跳舞。

我问她：你考北京电影学院的时候，难道不要艺考展示吗？

她有点小得意：我十七岁考上北京电影学院，艺考展示环节，确实绝大部分女同学都选择了舞蹈，芭蕾、民族、古典，甚至爵士、街舞，只有我偏执地唱了一首摇滚，当时觉得自己酷毙了。后来，学校里的汇报演出，学姐在舞台上跳了一段双人舞《牛背摇篮》，我的羡慕贯穿了整个青春期。

她的话让我想起自己高中时代艳羡的那些数学成绩特别好的同学，也倾慕得成为青春里最深刻的烙印，可能每个人心底都有一个榜样，曾经是我们做梦都想成为的那个人。

我好奇：你现在应该可以选择自己喜欢的生活和角色，会不会跳舞并不重要了吧？

她笑起来：我克服不了对舞蹈的渴望，虽然没有天赋，但是又去了舞蹈排练厅，再试。哈哈，果然还是不行，比想象中更难。我坚持跳了一个月，动作依旧不标准，协调性差，还经常跟不上节奏，我确认自己永远没有机会达到专业舞蹈演员的标准。但是，我和队友一起笑，在舞群里一起秀，这是最大的快乐。

我确实没有天赋，但是，我也能更好呀，我就是这么个笨笨的很努力的自己。甚至，每一个人，都不可能成为优秀的别人，但是可以成为更好的自己。

最后这句话很戳我。

我们当下的流行文化特别容不得"笨笨的自己"和"优秀的别人"，特别不待见一个活得不怎么出众还挺开心的人。自古以来，我们的审美取向都是："有志者事竟成，破釜沉舟，百二秦川终属楚；苦心人天不负，卧薪尝胆，三千越甲可吞吴。"

我们的生存哲学里，带有太多强者思维。甚至，在成功学的思考模式中，连"努力"这个词的意义也被曲解了——努力并不意味着竭尽全力做最好的自己，而代表着超越他人，成为某个领域中最拔尖的强人，把别人都比下去。

所以，我们信奉"不为失败找借口，只为成功找方法""没有干不成的事，只有干不成事的人"，我们的"努力"，胜负心和输赢欲都太强。

可是，并不是每个人的理想都是成为卓越的人，更不是每个人都有机会成为强者。天才和优秀的家伙，永远是生活的限量版，绝大多数时候，我们拼尽全力也只能做个"爱因斯坦的第三只小板凳"——那个虽然难看却比前两个好一些的手工作品。这个脑容量最大的智者，也没有全方位天赋异禀，他还是有短板，而他的可爱之处并不是铆足了劲儿弥补弱点活成全身无痛点的完人。而是，他依旧保持着自己的稚拙，想做出个稍微好看点的小板凳，比前面两个都强点。

这才是努力真正的意义。

哪怕一朵最不起眼的牵牛花，开放的时候也有自己独特的好看，它永远不会成为众人瞩目的牡丹，却依旧享受盛开的过程。

不是每个人的梦想都是住大房子，挣很多钱，出人头地，很多人都在享受着自己的小幸福，平静地当个快乐的普通人。

那些尽力却并不耀眼，拼力却并不成功的人，仍然值得掌声。

一匹名叫"春丽"的从来没有跑赢过的赛马，是日本人的偶像。

春丽从 1998 年 11 月在高知赛马场首次出场比赛后便每战必败，六年来它一直拼命地跑，却从来没有拿过第一。2003 年年底，春丽创下一百次连败纪录之后，NHK 电视台（日本放送协会）在晚间新闻播出一个"连败巨星"的专辑，春丽瞬间成为家喻户晓的明星。

为了让春丽尝一尝夺冠的滋味，2004 年 3 月 22 日，由日本人气最旺的骑士武丰来担任春丽的骑手。当天为了进场、买马票以及各种纪念品，观众得排队两个小时，这次赛马的成绩，连首相都在关注。

没有出现任何奇迹，春丽在十一匹马中仍然只跑到第十名，这是它第一百零六次失败，却无损观众的狂热，很多人又提出要帮春丽拍电影，一定要让它当回"女主角"。

一匹常败的马为什么让人如此痴迷？

或许很多人从它身上看到了自己人生的缩影——虽然一直失败，却依然不断地在跑，"赢"是本事，明知"赢"不了，还愿意不放弃为自己争取好一点的结果，是豁达，更是"努力"这个词真正的意义。

就像我们每一个人，都不可能成为优秀的别人，却可以做更好的自己。

女人那么拼，姿势美不美

我高中时代学校里有一名传奇式的学霸女生，几乎每次考试都是第一名，而且看起来毫不费力，既没有戴着厚厚的酒瓶底黑框眼镜，也没有头悬梁锥刺股每晚看书到深夜。她貌似轻松地学习，操场上经常看到她跑步的身影，和朝阳一起，构成一道女生时代的风景线。

由于和她妈妈是同学，我妈经常带我到她家取经，甚至萌生过要把我丢在她们家同吃同住近距离学习先进的念头。当然，人家没有同意，可是，这并不妨碍两个年龄相仿的女孩成为好朋友——可以说，她是对我少女时期人生观世界观产生特别大影响的朋友。

某个周末的下午，她在我家看《世界文学名著连环画》，我对她抱怨自己没有数学细胞，一百五十分的试卷再努力也只能考到五十分。她从书本上抬起头看看我，说："那是因为你没有真正努力，你只是花了时间，你没用心。"

我被她说得有点尴尬，学习自己不喜欢的东西那么痛苦，我确实每次只是用够了时间，到点就如获大赦般收工。但是，青春期的好胜让我不服气地反驳："你不是也没那么用功吗，没花多少时间还能考第一，说明天分更重要。"

她合上书，说了段让我在后来的生活中反复思考的话："你以为我没有用功？我只是没有在你们面前表现我的用功。你觉得我没有熬夜看书，是因为我每天早上四点起床把书看完了。我不熬夜，熬夜对身体不好，但我早起。我妈说，中国人骨子里并不欣赏刻苦的女孩，觉得女孩就应该过轻松优越的生活，云淡风轻地成功，然后被不知情的人羡慕。可是，天底下哪有那么大的好事。"

在大多数高中生都忙着学习、早恋和忧郁的年代，她的话劈亮我的思想，我突然明白了父母对孩子的重要，除了贴身的陪伴，还有思想的指引，把自己的生活经验像吞吐量巨大的海港一样交流输出，即便子女当时的年龄无法全部理解，却奠定了思考的基础。从那个时候开始，我便对表象心存探究，与生活的花团锦簇相比，我更愿意关注内在的逻辑。表象美好，真相未必精彩；表面轻松，实际未必闲适。

甚至，多年来，我很认真地观察和思考，女孩，或者说女人，要不要活得那么拼，能不能轻轻松松过上自己向往的生活。

坦率地说，社会对于那些看上去很努力的女孩或者女人，评价是很复杂的。

特别努力意味着：第一，你智商没有那么高；第二，表示你在处心积虑地达到某个目标，这两点恰恰不是中国传统价值观对于女人的青睐。在我们悠久的衡量体系中，女人的经典款有两个取向：一是以薛宝钗为代表的贤妻良母，她们实际上非常智慧，因为这种大智慧，才能把自己克制得行动比思想至少慢三拍，通俗点讲，她们大智若愚会"装傻"，她们是女性世界的栋梁和男性世界的左膀右臂，构成了传统社会的伦理纲常与价值坐标。

二是以林黛玉为代表的才女佳人，她们冰雪聪明、秀外慧中，轻松制胜，即便看上去有点小小的出挑和叛逆，貌似某种程度上挑战了传统，而实际上，她们与传统的关系就像孙悟空和如来佛，再怎么折腾也是有界限的；她们终究还是被传统保护的弱女子，而不是赤手空拳闯天涯的女汉子。

这两款经典女人，似乎都在无声地表达：女人太拼，太刻意，姿态不美。

可是，究竟有没有云淡风轻的不拼而来的收获呢？

很多人觉得嫁得好是最能轻松成为人生赢家的途径，可是，嫁得好不要拼吗？

多年前，我看过一本书，《亨利八世和他的六个妻子》，这位英国都铎王朝的第二位君主每当对一个女人感到厌倦的时候，如果这个女人还不识趣，不主动接受离婚条件然后迅速消失，她就有掉脑袋的危险——他的妻子除了短命的，两个离婚，两个被砍头，硕果仅存的一个生前也差点被关进伦敦塔。凯瑟琳·霍华德王后被送上断头台的时候只有二十岁，那些你侬我侬的亲热似乎还有余温，她哭着求亨利："你怎么可以杀死你美丽的花朵呢？"

她还是被杀死了。和《甄嬛传》的剧情一样，成为王后不仅有谋略，还要有不怕死的胆量。

这是一个极端的例子，你可以认为它不说明普通问题，可是，生活有时候就是这么极端，看上去嫁得最好的女人，承受的可能是最苛刻的条件，拿出的是最大的"拼"劲，只是外人不知道。

女人的"拼"，在不同领域的表现形式不同。

职场上的"拼"，是尽显人前的努力，美国地产大王唐纳德·特朗普的女儿伊万卡·特朗普说："我上班可不会想着朝九晚七，我比那拼多了。"

家庭中的"拼"，是周到克己的奉献。当一个女人选择回归家庭做全职主妇的时候，即便丈夫体谅支持，也要忍耐琐碎繁杂的家务，周全阖家老小的关系，让大多数家庭成员满意，绝不是一项简单的工作。

虚荣心的"拼"，是不断超越自身能力的挑战。喜欢昂贵的生活，意味着或者自己努力挣到生活的资本，或者找到愿意为自己奢侈爱好买单的别人，两种选择都是够拼的。

人际关系的"拼"，意味着要对某些不喜欢的人微笑，为一些不乐意的事低头。八面玲珑呼朋唤友的本事，付出的是大量时间、精力和情绪成本，难道不"拼"吗？

归隐田园的"拼"，要在喧嚣的世界中守住自己内心的宁静，过最简单的生活，有安贫乐道的心理准备。说实话，这种"拼"极少现代人能做到。

容貌的"拼"，更是一场艰苦的努力。四十岁像二十岁的日本不老仙妻水谷雅子，每天花三五个小时泡澡、贴面膜、护理头发、修剪指甲，这种"拼"的程度，还真让普通女人叹为观止。

在我有限的观察和经历中，那些貌似轻松就在某些领域成绩突出的女人，除去极少天赋秉异，大都证明了一句话：你只有十分努力，才能看上去毫不费力。

有点鸡汤，但确实是真话，也是最简单却最难长久坚持的重复性劳动。

前段时间有读者给我留言：你觉得生活中究竟是选择重要，还是努力重要？

听起来有点像鸡生蛋在先，还是蛋生鸡靠前，一个很宏大的哲学命题。我想了很久，回复她：我觉得或许努力比选择稍微重要一点，没有努力站到一定高度，不会有选择的权利和眼界，只有被选择的境遇和局限。

就像那些认为女人不要活得那么拼，太拼了姿势不够美的观众，在拼着力站起来之前，无所谓美不美，因为连姿势都没有。

失 一 次 高 质 量 的 恋

大学里，我有一个漂亮的女同学，刚进校就和新闻系最高最帅的男生恋爱。为了约会，她每天花将近一个小时打扮自己，衣服穿上又换下，眉毛画直了觉得不好看又拉平，头发扎起又放下。她所有的精力都在初恋里，所有的课本都是新的，因为没有心思看，她每天最关注的是和男朋友并肩而行时成为校园风景线，最大的话题是和男朋友怎样度过愉快的一天。

而生活的讽刺在于，当你把全部心思都投注在某件事情中，并且患得患失的时候，这件事通常都是失败的，所以，我热恋中的女同学七个月后就失恋了，然后，我们全宿舍都遭了殃。

她抓着我们倾诉爱情中的细节，分析失恋的原因，说着说着就哭起来，一遍遍唱那个男生最喜欢的歌，动不动就要去他们第一次约会的地点。我们只好轮流在宿舍里看着她，生怕她想不开。最不敢告诉她的是，她的前男友很快有了新女友，长得和她就像双胞胎，并且，这个男生经常洋洋得意地说：看，那就是我的前女友，中文系系花，好看又有才华，到现在还在为我们的分手伤心。

这句话辗转传到她面前，我还记得她听到时的表情：难以置信、伤心难过、恍然大悟、羞恼气愤，好像都不是，好像又都有一点。她咬着嘴唇，把嘴唇咬得发白，然后沁出血丝，一整天没说话，丢掉了和前男友有关的物品，默默地翻开书。

很多年后，当她成为一个立得住的姑娘，有不错的职业、爱情和生活，我们笑着说起大学里那段失败的爱情，她自嘲说失恋让她在很年轻的时候就明白：

第一，女人的痴情在薄情的男人面前是一项可炫耀的资本。

第二，不管你是否愿意，生活总会翻篇。

很多人好奇，女作家平时被问到最多的问题是什么？坦率地说，是情感问题，在情感问题中，一半与各种失恋有关。

我也曾经诧异，为什么失恋的女人这么多，难道男人不失恋？后来，我慢慢发现，女人失恋的原因不仅因为不爱，更因为爱情在男人和女人生活中的比重完全不同。即便非常深情的男人，可能也只会把50%的精力投注在爱情中，他们的世界很宽，工作、朋友、爱好占据了另外半壁江山，兴趣点转移得非常快。

而大多数女人的信仰和唯一的爱好就是爱情，她们能用80%甚至90%的热情和体力来恋爱。不对等的精力投入，注定很多女人总是处在情感需求得不到满足的状态中。

更无能为力的是，这样的状况由先天因素决定，外力几乎无法改变。

所以，治愈失恋成为女人的必修课。

可是，怎样才能在失恋中修个高学分呢？

写过《尼罗河惨案》《东方快车谋杀案》的侦探女王阿加莎·克里斯蒂爱上一个没有多少钱的男人，嫁给他，为他生了可爱的女儿，他们同甘共苦度过最艰难拮据的日子；后来剧情反转，男人发迹了，他们买了大房子和漂亮的大鼻子莫里斯·柯雷轿车；再然后，男人爱上另外一个女人。

阿加莎的小女儿对自己的母亲说："爸爸喜欢我，他只是不喜欢你。"阿加莎伤心极了，但是，她承认女儿说得对。

她花了一年的时间等待丈夫回心转意，当然，希望落空了。

于是，她同意离婚，她说："再也没有什么可忧虑的了，剩下的就是为自己打算。"她为自己打算得很好，她以写侦探推理小说获得巨大声誉，一生创作六十六部长篇推理小说，二十一部中短篇小说，十五个已上演或发表的剧本。

生活的良性循环中，她获得了新的爱情，三十九岁时遇见二十五岁的年轻考古学家，人们都劝她不要嫁给比自己小那么多的男人，她回答：为什么不呢？他热爱考古，所以我不用害怕变老，我年纪越大，他会越爱我。

事实也的确如此，她和年轻的丈夫感情和睦，受到女王接见，获得不列颠帝国女爵士勋章。在一次失恋失婚之后，她开启新的生活，不再为爱情、名望、金钱、健康而发愁，相对幸福地生活到八十六岁。

莫文蔚曾有句名言："初恋男友教我讲德文，星仔教我品尝红酒，而冯德伦则教我谈恋爱要开开心心。"

即便初恋结束，但德文不可能全忘，所以她现在会说五国语言；周星驰已成往事，但对于红酒的品味不会丢了，她多了一项鉴赏的才华；没有和冯德伦在一起，但是学到了他的快乐达观，她丰满了自己的性格。

能把每一次失去，变成每一项收获，把"可惜不是你，陪我到最后"的幽怨，变成"感谢那是你，牵过我的手"的洒脱，才是失恋后的女人真正的通透。

所以，上天给了她特别的惊喜，和初恋结了婚，虽然这是后话。

失恋中最大的痛点是什么？不是发现原来他不爱我了，而是必须接受一个现实，从某个时间点之后，我必须要过没有你的生活，这种生活我之前从来没有想象过。可是，生命原本就是一个不断失去与收获的过程，我们总会主动或者被动地丢失一些在当时看来特别重要的东西，自愿或者被迫用新的内容填补心里的缝隙。时间久了，又是一个完整的人，又是一颗完整的心。

而让我们成长的，正是失去与获得中不断的循环和重生。

所以，能失一个高质量的恋吗？

也会伤心、难过，但不会走不过去；也有失落、颓废，但很快可以重新开始。

总有一天，我们都会明白，当初丢不开的不是一个人，而是一种依赖。

一个女人，要经历多少段没有结果的感情才能最终懂得：曾经的那个他，最大的意义，是让我们蜕变成一个更好的人。

我大学里那位漂亮的女同学现在是一名作家，当年那个顿悟的高质量的失恋，让她有时间在图书馆里阅读各类小说、诗歌、散文，让她有精力去实习和练笔，也让她有机会在心中浅浅的刺痛里成长。

[完]

更多精彩内容，
请收听"灵魂有香气的女子"
喜马拉雅电台。

李筱懿

作家，媒体人。

著有超级畅销书《灵魂有香气的女子》《美女都是狠角色》《爱的年份》等。
2014 年 7 月，与搭档陶妍妍共同开设女性主义原创自媒体矩阵"灵魂有香气的女子"，包括系列图书、公众号、广播、视频，分享生活微智慧，输送情感正能量，与 260 万城市女性共同成长。

先谋生，再谋爱

作者 _ 李筱懿

产品经理 _ 何娜　　装帧设计 _ 王雪　　技术编辑 _ 顾逸飞
责任印制 _ 梁拥军　　出品人 _ 路金波

营销团队 _ 毛婷 阮班欢 孙烨

图书在版编目（CIP）数据

先谋生，再谋爱 / 李筱懿著. -- 天津：天津人民
出版社，2016.3（2023.11重印）
ISBN 978-7-201-10148-4

Ⅰ.①先… Ⅱ.①李… Ⅲ.①随笔-作品集-中国-
当代 Ⅳ.①I267.1

中国版本图书馆CIP数据核字(2016)第038894号

先谋生，再谋爱
XIAN MOUSHENG, ZAI MOUAI

出　　版	天津人民出版社	
出 版 人	刘　庆	
地　　址	天津市和平区西康路35号康岳大厦	
邮政编码	300051	
邮购电话	022-23332469	
电子信箱	reader@tjrmcbs.com	
责任编辑	赵子源	
产品经理	何　娜	
装帧设计	王　雪	
制版印刷	河北鹏润印刷有限公司	
经　　销	新华书店	
发　　行	果麦文化传媒股份有限公司	
开　　本	880毫米×1230毫米　1/32	
印　　张	7.25	
印　　数	357,001-362,000	
字　　数	135千字	
版次印次	2016年3月第1版　2023年11月第28次印刷	
定　　价	35.00元	